DREAMBOOKS

DREAMBOOKS

의원강호

기공흑마 신무협 장편소설

ORIENTAL FANTASYSTORY & ADVENTURE

dream books
드림북스

의원강호 17

초판 1쇄 인쇄 / 2017년 3월 24일
초판 1쇄 발행 / 2017년 4월 3일

지은이 / 기공흑마

발행인 / 오영배
책임편집 / 편집부
펴낸 곳 / (주)삼양출판사 · 드림북스

주소 / 서울시 강북구 도봉로 173
대표 전화 / 02-980-2112 팩스 / 02-983-0660
편집부 전화 / 02-980-2116 팩스 / 02-983-8201
블로그 / blog.naver.com/dreambookss

등록번호 / 제9-00046호
등록일자 / 1999년 3월 11일

값 8,000원

ISBN 979-11-283-9120-0 (04810) / 979-11-313-0216-3 (세트)

* 지은이와 협의하에 인지는 생략합니다.
* 잘못된 책은 구입한 곳에서 바꾸어 드립니다.

이 도서의 국립중앙도서관 출판시도서목록(CIP)은 서지정보유통지원시스템홈페이지
(http://seoji.nl.go.kr)와 국가자료공동목록시스템(http://www.nl.go.kr/kolisnet)에서
이용하실 수 있습니다. **(CIP제어번호: 2017007148)**

의원강호
17
기공흑마 신무협 장편소설
ORIENTAL FANTASYSTORY & ADVENTURE
dream
books
드림북스

목차

의원강호

第一章
등가교환(等價交換)

제안이라.

여기서 어떤 제안이 들어올까. 예상은 갔다. 하지만 그 예상이 아니길 바라기도 했다.

운현으로서는 이 위험한 여정에 많은 이들이 참여하는 것을 원하지 않았다.

모든 짐은 자신이 이는 것을 원했지, 다른 이들마저 이 무거운 짐을 짊어지는 건 바라지 않았기 때문이다.

하지만 본디 원하는 대로만 돌아가지 않는 게 세상이지 않은가.

"거래를 하지."

거래. 사우 중 일우, 이자준이 말하는 건 거래였다.

예상은 가나 물을 수밖에 없었다.

“무슨 거래를 말씀이십니까?”

“우리는 친우의 죽음을 제대로 알아야겠네.”

“이미 죽기 이전에 말하셨습니다. 아시지 않습니까?”

“자네에게 묻지. 그걸로 충분하다고 생각하는가? 친우의 죽음을 단지 이야기 한 번 듣고 넘어가는 것으로?”

“…….”

운현은 아무런 말을 할 수 없었다. 힘으로, 무공으로 싸움을 걸어온 것이라면 그들을 이겨낼 수 있으나, 이건 다른 문제였다.

핵심.

그것을 이자준은 제대로 찌르고 들어왔다.

추적을 한답시고, 산이고 들이고 가리지 않고 다녀서인지 얼굴은 수염이 덥수룩하게 나고 덩치만 큰 곰 같아 보이는 자인데.

‘……전혀 아니군.’

막상 상대를 해보니 곰이기는커녕 여우다. 아니 이건 여우보다도 더했다.

몇십 년은 살아온 노회한 너구리. 요물이 다 되어 가는 자를 상대하는 느낌이다.

말로는 안 될 느낌이랄까.

추격. 아주 작은 흔적으로 추론하고, 찾으며 뒤를 쫓는 것으로 일가를 이룬 자다웠다.

그는 운현의 대답이 있기 전에 더 치고 들어왔다.

"알려주지 않으면 우리도 우리가 얻은 흔적을 말할 수 없음일세."

"어떤 일이 있어도입니까?"

"그렇네. 어떤 일이 있어도. 알잖은가? 우리는 목에 칼이 들어와도 말하지 않을 걸세. 바보들이 아니거든. 겁쟁이도 아니고."

이자준, 사준도, 윤성.

그들의 눈을 차분히 바라본다. 생김새는 달라도 모두가 같은 눈이다. 깊고 심후하다. 하나의 뜻을 말하고 있었다.

'철인들이군.'

무슨 일이 있어도 바뀌지 않는 의지가 보였다. 그러면 어쩔 수 없지 않은가.

이런 자들은 막아도 막아지지 않는 자들이다.

운현이 막는다면, 그런 운현을 뚫고서라도 찾아갈 자들이 이들이다.

차라리 거래를 하는 것이 나았다.

결정을 내렸으면 길게 갈 게 없었다. 운현은 바로 생각을 정리했다.

"좋습니다. 거래. 하죠. 대신 추적 이후의 상황은 제가 통솔합니다. 동의하십니까?"

"여부가 있겠는가."

원하는 바를 얻어서인가. 그들의 눈에 약간이지만 생기가 더 돈다.

처음부터 이들은 운현과 함께 합류하는 걸 원했을지도 모른다.

그들에게 있어 추적은 가능해도, 적인 자들을 제압하는 것은 불가능에 가까운 일이었을 테니까.

이들은 친구의 죽음에 대한 이들 나름의 복수를 하기 위해서 운현과의 거래이자 타협을 택한 것이 분명하다.

어느 쪽이든 좋다.

운현이나 이들이나 서로 합이 맞았다.

그럼 남은 것은 하나뿐이지 않은가.

"좋습니다. 가지요. 마침 한 분이 들어오시지 않습니까."

"벌써들 만났군. 흐음……."

사우 중 마지막. 이번 일로 바삐 움직였다고 하는 왕후상이 거래가 끝나자마자 기다렸다는 듯 들어온다.

한창 초췌해 보이는 가운데에서도 다른 사우들과 비슷하게 그의 눈만은 형형했다.

그는 운현과 자신의 친우들을 보고 상황을 바로 짐작한 듯했다. 눈치 빠른 상인다웠다.

"이야기는 잘된 듯하이."

"그렇지. 이제 막 출발을 하려 했네. 괜찮겠는가?"

"피곤해도 어쩌겠는가. 가야지. 가세."

왕후상은 고개를 끄덕거렸다.

얼굴 가득 초췌함이 가득했으나, 친우의 죽음에 관한 추적을 위해서는 자신의 목숨까지도 바칠 기세였다.

'……행복했겠군. 아니, 불행했는가.'

문뜩 운현의 머리로 이미 죽어버린 신이검이 스쳐 지나간다.

누구보다 강직한 자들. 죽은 친우를 잊지 못한 자들을 두고 간 신이검이다.

하나도 얻기 힘들었던 자를 넷이나 얻었던 그는 죽기 이전에 행복했을까. 아니면 저런 친우들을 두고 감에 불행을 느꼈을까.

알 수 없는 일이다.

'어느 정도 예상은 가지만…….'

확실한 답을 줄 신이검은 이미 죽었다. 저승에 있을 터다.

그가 간 그곳 저승에서 자신을 묶던 모든 족쇄를 끊었음에 초탈함을 느끼고 있을지, 언제고 아주 오래 뒤에 올 친우들을 기다리고 있을지도 알 수 없는 일이다.

다만 중요한 건 어느 쪽을 선택하든 신이검은 좋은 친우들을 뒀다.

가만 그들을 바라보고 있는 운현에게 이자준이 묻는다.

"안 가는가?"

"가지요. 아니, 가야만 하지요."

"그래. 그런 게지."

터엉.

시커먼 어둠이 기다리는 객잔 밖 문을 입구를 지키고 섰던 왕후상이 크게 열어젖힌다.

밤바람이 훅하고 들어와 일행과 사우의 깃을 적신다.

"가지?"

왕후상이 그 바람을 즐기듯 훅하고 숨을 내쉬고서는 밖을 가리킨다.

흡사 가벼운 밤마실이라도 가는 듯한 태도였다.

하지만 그 누구도 그런 왕후상의 태도를 쉬이 볼 수 없었다. 적어도 그의 기백엔 어떤 일이 있어도 해내고 말겠다는 의지가 담겨 있었으니까.

*　　*　　*

숲길을 헤쳐 간다.

달밤에 의지하는 정도로도 빛은 충분했다. 이곳에 있는 누구든 이 정도 어둠에 주춤거릴 자는 없었다.

항상 문제가 되는 것은 시야가 아닌 길이다.

초행길이든, 경험 부족이든 간에 밤길을 내딛는 건 무인이라고 해도 쉬운 일은 아니었다.

하지만 이자준은 그 모든 길들이 자신의 손 안에 있다는 듯 성큼성큼 발걸음을 옮겼다.

그 속도나, 일행을 이끄는 능숙함으로 보아서는 이미 여러 번이나 이 길을 오고간 듯 보였다.

"……이런 길도 있군요."

"많네. 자네도 약초 길을 알지 않은가?"

오랜만에 듣는 하대. 신의라 불리며 떠받들어져 왔던 운현으로선 이자준의 말투에 괜한 신선함을 느끼며 답했다.

"그렇지요. 하지만 이 정도의 길은 아니었습니다."

"이 정도라……."

운현의 말대로였다.

주변은 길이라고 하기에는 숲 그 자체였다. 오직 초목뿐. 사람이 다닐 만한 길이라고 할 만한 최소한의 흔적도 없었다.

헌데 이자준이 이끄는 걸음을 따라가면, 그게 길이 됐다.

초목이 가득했는데, 그 안에 분명 지나갈 수 있는 초목이 갈라진 길이 있었다.

가기 전에는 모르는데, 지나가게 되면 알게 된다.

신기한 일이지 않은가.

보이지 않는데, 지나가면 길이 되다니. 말이 안 되는 일이나 그게 실제 벌어지고 있었다.

짧은 길이면 모르겠으나 계속해서!

"사냥꾼, 약초꾼, 땅꾼. 각자 길이 있지. 이건 그 길들을 이은 길밖에 안 되네. 이를테면 잠시 빌려 쓴 거랄까."

"신기하군요."

"감만 잡으면 언제든 가능하네. 어느 길을 가도 보이지. 궁금한가?"

"예. 궁금합니다."

당연하다는 듯 대답하는 운현이었다.

운현의 답에 이자준의 걸음이 잠시 우뚝 멈춘다. 그는 바로 운현을 바라봤다. 신기하다는 눈빛이었다.

"진심이로군?"

"진심이 아닐 이유가 있습니까?"

"허어……."

다시금 걸음을 옮기기 시작한다. 그러며 동시에 그는 이야기를 이어갔다.

"나도 모르게 물어보기는 했네만…… 보통은 배운다 말하지 않지. 나 같은 것의 기술을 배워서 어디에 쓰냐고 생각하거든."

"유용하지 않습니까. 물론 배우기 힘든 기술인 건 압니다. 하루 이틀 사이에 될 문제가 아니죠."

"그걸 말하자는 게 아닌 걸 알잖은가?"

"흐음…… 그렇습니까?"

추적술.

대단한 능력이다. 하지만 대우받지는 못한다. 세간에서 명예롭다고 쳐주는 것도 아니었다.

이자준이야 신이검과 함께 다니며 많은 자들을 구하고, 처단하는 데 도움이 되어 그나마 이름을 올렸다지만, 다른 이들도 그러할까?

그럴 리가!

대다수의 추적자들은 대우를 못 받는다. 허드렛일이나 대신해 주는 자로 취급을 받는다.

경지가 높으면 또 모를까, 대다수가 제대로 된 취급을 받지 못한다. 때로 괄시도 받는다.

그런 기술이었다.

아니 대다수의 기술이란 게 그랬다. 사우가 익힌 것 중 진법은 좀 나으나 상재나 점괘, 추적 이러한 것들 자체가 대우

받기 힘든 것들이다.

헌데 운현은 그런 것에 차별이 없었다.

그러니 이자준이 놀랄 수밖에 없었다. 짧은 시간이나마 배우겠다는 진심이 있다.

신의가 그런 생각을 할 줄은 몰랐다는 듯 놀란 표정을 짓는다. 그러다가 이내.

“자네는 정말로 신기하군. 아니 기이해.”

“그런 소리는 자주 듣습니다.”

운현의 말에 무언가 허탈한 듯 웃는다.

“하핫. 참. 내 밑천을 다 드러내 보여 주지. 어디 한번 따라올 수 있으면 따라와 보게나.”

“얼마든지요.”

“생각지도 못한 전수로군. 참으로 생각지도 못한 일이야.”

친우의 죽음. 그 죽음에 대한 추격. 그 도중에 자신의 것을 배우겠다고 나서는 자가 있을 줄이야. 더더군다나 그게 신의일 줄은 상상도 못 한 그다.

그가 애써 쌓은 기술은 그가 죽으면 사장될 거라 봤지, 이어질 거라 생각은 못 했다.

물론 그 깊이가 있어 짧은 시간 안에 모든 것을 가르칠 수는 없다.

허나 이것도 인연인 터. 최선을 다해 가르쳐 주고, 그 최선을 운현이 받아들이면 될 뿐이다.

그 정도면 충분했다.

'……친우여. 자네가 무엇을 봤는지 알겠군.'

문뜩 이자준의 머리로 신이검에 대한 생각이 스쳐 지나간다.

마지막을 친우가 아닌 운현에게 남겼던 그. 그 끝을 친우가 아닌 운현이 수습하게 했던 그다. 죽는 그 순간 남기는 것 또한 운현에게 주었다.

처음엔 그 이유를 알지 못했다.

허나 이 순간만큼은 이해가 가기 시작하는 그였다.

진지하게 배우려는. 무엇 하나라도 얻으려는 운현은 진중함이 있었다. 진심이 있었다.

그거면 충분하지 않은가. 무언가 가르치는 이유로는 차고 넘쳤다.

"차분히 시작해 보지. 짧은 시간 안에 모든 것을 보여주는 것으로."

"예."

이것도 인연이라면 인연.

한 사람의 평생이 담긴 것들을 운현이 이어받기 시작하며 추격은 계속해서 이어졌다.

*　　*　　*

"전에도 말했지만 모든 건 흔적에서부터 시작하지. 아주 작은 흔적이라도 놓치지 않고 찾을 수 있느냐가 관건인 게야."

"재밌군요."

운현은 꽤 진지한 태도였다. 그 진지함에 맞춰 이자준 또한 진지했다. 평생에 한 번 있을 기회라 생각하는 걸지도 몰랐다.

하기는 천하의 신의에게 가르침이라니. 평생에 두고 자랑할 만한 일이기는 했다.

그 이야기가 너무나 재미있었을까.

"자네들도 같이 들으려면 듣게나. 몰래 들을 것 없네."

그 모습에 호기심이 들었는지, 일행들마저 어느샌가 이자준의 목소리에 빠져들었을 정도다.

그런 일행에게 이자준은 흔쾌히 허락을 해 줬다.

"크흠……."

"감사히 듣겠습니다."

비전이라면 비전일 수도 있는 일인데도, 아주 시원스러웠다.

다른 이들이 작은 비전이라도 목숨을 걸고 지키려 드는 것과는 전혀 다른 모습이었다.

허나 지금만큼은 그게 자연스러웠다.

다들 겸연쩍은 표정을 하면서도, 흥미든 진심이든 간에 이자준의 목소리에 빠져들어 갔다.

그 모습이 부럽기라도 했던 걸까.

추적을 진행하며 앞으로 나서면서도, 매일같이 이어지는 강론을 계속해서 들어가던 다른 삼우들도 조심스레 나섰다.

"내 것도 받아 봄이 어떠한가."

"흐음…… 내 건 어렵긴 하지. 그래도 기본 원리 정도야 가능은 할 걸세."

"재미는 있을 걸세. 아마도."

막혔던 도랑이 터졌다. 기다렸다는 듯 사우는 자신들이 가진 장기들을 꺼냈다. 이자준에게 전염이라도 된 듯이.

'재밌군.'

새로운 배움이라고 하는 건 나쁠 건 없었다.

상황이 좋지 않다고 하더라도, 어차피 끊임없이 추적을 하면서 입을 놀릴 따름이다. 지장도 없었다.

"자고로 진법이란……."

"해석이 좀 다르군요?"

제갈소화는 진법에 조예가 깊은 윤성과 토론을 벌이고.

"가문이나 상업이나 비슷하며 다르지."

"어떤 식으로 다르다 생각하나요?"

"보자…… 어디서부터 설명을 해야 할까."

가문의 운영에 관심이 있는 남궁미는 상재가 깊은 왕후상과 이야기를 나누며 얻어간다.

"결국 자미두수라는 것도 도가의 것에 연관이 없지는 않지. 결국 우리 중원의……."

"흐음…… 재밌군요."

당기재는 특이하게 점괘에 관심이 있었는지, 먼저 이야기를 나누는 명학과 사준도의 대화에 끼어 함께하고 있었다.

각자가 각자의 방식으로 새로운 것을 얻어 가면서.

"자, 더 안으로 들어가 보지. 속도를 높여야겠어."

"좋습니다."

앞으로 나가는 속도를 늘려 나갔다.

*　　*　　*

'빠르다.'

출발한 지 얼마 되지 않아 몇 개의 현을 순식간에 넘어갔다.

강을 이용한 것도 아니고 육로를 이용했음에도 평소보다 빨랐다. 이자준이 추격자의 길이라 말하는 것들을 사용한 효과였달까.

가려져 있는 산길을 이용하고, 빙 돌아갈 길을 직선으로 뚫어가고. 또 때로는 없는 길을 찾아내서 가는 묘미란.

'재밌군.'

나쁘지 않았다.

물론 아직 이자준의 가르침을 다 배우지는 못했다. 이건 새로운 영역이었고, 쉽게 배우기에는 그 깊이가 너무 깊었다.

어쨌거나 덕분에 여러 현을 돌아 도달한 곳은 이천(伊川)현 어딘가의 어귀. 량향산이란 곳이 있는 곳이었다.

소림과 그리 멀지 않은 곳에 위치한 곳이었다 보니, 곳곳에 여러 절들이 넘쳐나는 곳이기도 했다.

특히 이 량향산은 영험하다는 소문이 돌아서인지 산 하나에 몇 개는 되는 사찰이 있을 정도였다.

크기도 작지 않을 정도다.

그곳에 도착을 하자마자, 여러 가지 가르침을 남기던 이자준의 얼굴이 평소보다 더욱 진지해졌다.

그 진지한 표정 그대로 운현에게 물었다.

"여기도 그곳 중 하나 아닌가? 그들이 있다는 곳 말일세."

"그렇지요. 확실합니다."

일행이라고 해서 사우에게 배우기만 한 것은 아니었다.

여기까지 동행을 하는 것 자체가 거래이지 않은가. 주고받음이 거래이지, 한쪽이 일방적으로 받기만 하는 건 거래가 되지 못한다.

그렇기에 일행 또한 거래로서 많은 것들을 가르쳐 줬다.

그중에 하나가 일행이 얻은 것에 대한 정보다.

이왕 동행하고 일을 같이 진행을 할 것이라면 저들 또한 함께 알고 있는 것이 맞기에 생각보다 쉬이 건네줬다.

그러다 보니 이자준도 이곳 량향산의 어느 한 어귀에 조직에 속한 자가 있다는 것을 기억하고 있는 것이다.

그곳을 찾아가자고 하는 것이야 좋지만, 찾아가서 성과가 없으면 그건 그거대로 문제.

때문에 일행으로서는 당장 적극적이지 않았다.

"시간만 버리는 것 아니겠습니까? 차라리 추적에 더 열을 올리는 게 좋지 않겠습니까?"

"버리는 것이 될 수도 있겠지. 하지만 가야 하네. 그자가 아는 곳에 들를 수도 있는 건 당연한 것 아닌가?"

"흐음…… 그렇게 생각하십니까?"

"확률이 아주 없지는 않지. 그러니 가야 한다고 생각하네."

허나 이자준의 이야기를 들어 보니, 그럴 수도 있겠다 싶은 상황이었다.

도망을 치고 있는 적사검도 조직에 속한 자이지 않은가.

그러니 같은 조직에 속한 자를 찾아서 움직일 가능성은 충분했다.

“그럼 바로 가는 게 좋겠군요.”

“안 그래도 그러려고 발을 틀고 있었네.”

이야기가 끝이 나기도 전에 이미 발길을 돌리고 있었다라.

‘재밌다면 재밌고…….’

멋대로라면 멋대로인 일이다. 하지만 오랜만에 이끎을 받는 것도 운현으로서는 나쁜 기분은 아니었다.

“하핫. 참…….”

헛웃음을 지으며 따라갈 뿐이었다.

* * *

량향산 어느 어귀.

‘또 사찰인가.’

아주 작은 절. 동자승 하나 없이 주지 하나 있을 법한 작은 절이 보이기 시작했다.

그들이 가진 정보대로라면 이곳이 조직원 중 하나가 있을 곳이었다.

정자사(正慈寺) 왕순.

이곳 주지의 별호도 정자사이며, 별호에서 딴 사찰의 이름도 정자사다.

특이하게도 지법을 그럴듯하게 사용하는 자였다.

지법을 위해서인지 사연이 있는지 몰라도 양손에 손가락이 각각 네 개씩이었다.

해서 누군가는 정자사의 사를 넉 사(四)라고 놀리곤 했는데, 그런 놀림을 당할 때마다 상대를 치도곤을 내곤 했다.

주지답지 않게 성정이 불같으며 대쪽 같으면서 동시에 여러 일도 해낸 자였다.

신이검과 비슷하게 정사지간에 있는 자들 중 사파 쪽에 기운 자들을 처단하기도 하고, 주변 현의 사람들을 도와서 인심도 높았다.

정자사.

그는 적어도 이 주변에서는 꽤 알아주는 자였다.

'……재밌는 일이지. 또한 모순.'

이들 조직에 속한 자들은 하나같이 주변의 인심을 쉬이 받는 자들이었다.

실제로 대단한 일들을 해내곤 해서 인심을 얻곤 했다.

신이검만 하더라도 그랬고, 지금 추격을 하고 있는 적사검도 추격 이전에 꽤 그럭저럭 인정을 받았던 자였다.

자신들의 신분을 숨기기 위해서 옳은 일을 한 건지, 본디 조직에 속한 것과 별개로 성정이 그런 것인지는 알 수 없다.

재밌는 건 하나같이 괜찮게 자리를 잡았다는 것.

조직에 속한 것만 제외하면 한 사람의 행적으로서는 꽤 선행을 쌓았다는 점이 모순적인 부분이었다.

지금 찾아가는 정자사 또한 그런 자이니 모순이라면 모순이지 않은가.

그런 절에 거의 다 도달을 했는데, 이자준의 표정이 갑작스레 굳어갔다.

'무언가를 본 건가?'

그 표정을 본 운현도 대번에 같이 표정이 굳어진다.

추격의 대가인 그는 일행으로선 생각지도 못한 것들을 쉽게 보곤 했다.

작은 흔적으로도 길을 찾아내고, 이용하곤 하는 건 기본. 적사검이 지나간 지 며칠 지난 곳도 금세 따라가는 기행을 보이곤 했다.

그런 그는 이곳 정자사에 올 때까지만 하더라도 표정이 꽤 풀어져 갔었다.

곧 있으면 적사검을 찾아 낼 수 있을 거라며 기쁜 기색을 감추지 않았다. 한편으로 긴장을 하면서도 얼핏 웃음을 보였을 정도다.

그런데 지금은 완전히 표정이 굳어져 있었다.

"속도를 더 높이지. 아니 따라오게!"

그가 화내듯 외쳤다.

타악!

그러다 더 시간을 소모할 수 없다는 듯 경공까지 사용해 나갔다.

'일 난 거군.'

그런 그 뒤를 운현을 포함하여 일행 모두가 쫓기 시작했다.

第二章
흔(痕)

눈에 보이던 곳이다. 경공을 펼치니 오래 걸릴 것도 없었다.

순식간에 쏘아져 간 모두는 금세 정자사의 앞에 도달했다. 도달하고도 발길을 멈추지 않았다.

"후."

크게 숨을 내쉬면서 이자준은 더 안으로 들어섰다.

들어서자마자 이자준은 벌컥 문을 열어젖혔다. 운현도 그를 말리지는 않았다. 심상찮음을 느낀 거다.

또한 기감으로 느꼈다.

'없다.'

절 아닌가. 작은 절이다 보니 향화객이 없을 수도 있다. 향화객이 오기에는 너무 이른 시간이기도 했다.

하지만 이 정도 시간이라면 응당 있어야 할 것이 없었다.

인기척.

절을 지키고 있어야 할 정자사가 없었다.

주지인 그가 이곳을 떠난다는 정보는 없었다. 그는 이곳에서 자주 움직이지도 않았다. 그런데 없다.

이상함을 잔뜩 느낄 수밖에 없다.

'도망이라도 쳤는가?'

적사검처럼?

저들의 조직도 흔들리는 건가? 이번 역병의 실패로? 그렇기에 조직에 속한 자들이 하나둘씩 도망가는 건가?

'그럴 리가…….'

그럴 거였더라면, 도망도 치지 않고 스스로 목을 내어준 자들이 있다는 것 자체가 말이 되지 않는다.

그들은 생각 이상으로 탄탄했다.

신이검이야 사우가 있어 자신에 대해서 소상히 이야기하긴 했지만, 그뿐이었다.

그 또한 도망치지 않고 자신 스스로 죽음을 택했다.

그런데 적사검 말고도 도망자가 나온다고? 그렇다고 하기에는 수긍이 가지 않았다.

저들은 목을 내빼고 죽으면 죽을 자들이었지, 쉬이 도망을 택할 자들이 아니었다.

어디까지나 적사검이 이상한 거였다. 하지만 인기척이 느껴지지 않으니 의심은 커질 수밖에 없었다.

그런 의심도, 문을 열자마자 그대로 깨어져 버렸다.

"……이런!"

대번에 이자준이 안에 펼쳐진 광경을 보고서는 크게 소리친다.

안에는 그들이 예상치 못한 광경이 있었다.

*　　*　　*

문을 벌컥 열자 어둠이 사라진다.

그 안에 드러난 광경은 참혹했다. 바닥에 잔뜩 번져 있는 시커먼 것. 그리고 그 가운데 사지를 뻗은 채로 쓰러져 있는 자가 있었다.

안에 있는 불상도, 불경도 중요한 것은 못 됐다.

그 둘만이 중요했다.

'피와 시체.'

운현과 이자준이 동시에 걸음을 옮겼다. 안으로 들어선다.

"……."

"……."

둘 모두 말은 없었다.

그들이 뭘 해야 할지를 알고 있었으니 상의를 할 필요도 없었다.

촌각을 다투는 이 상황에서는 상의 자체가 낭비가 될 수 있었다.

이자준은 피를 봤다. 정확히는 핏줄기가 뻗어 있는 모양을 살펴봤다. 무언가를 계산하는 듯 하염없이 바라봤다.

그때.

"어떻게 된…… 엇?!"

뒤늦게 도착한 당기재가 들어서려 했다.

그마저도 가만 있던 사우 중 하나, 왕후상에 의해서 제지가 되었다.

"멈추게!"

크게 소리치면서, 왕후상은 당기재의 옷깃을 잡아챘다.

당기재 또한 절정의 무인이기에 순간적으로 손이 뻗어 나오려다 멈췄다.

그가 며칠간 살펴본 사우라면 이유가 있을 것이라 여긴 것이다.

왕후상은 다른 말이 없이 그들이 하는 바를 살피라는 듯, 운현과 이자준이 있는 방향으로 눈짓을 날렸다.

"살펴야 할 걸세. 둘 모두."

"큰 실수를 할 뻔했군요."

"아닐세. 나 또한 들어갈 뻔했으니…… 우리는 여기를 지키고 서지."

"예."

그 둘의 모습을 본 사우와 나머지 일행은 당기재와 함께 멈춰 섰다.

눈에 궁금증이 가득했으나, 안으로 들어설 생각은 더 하지 않았다.

둘. 운현과 이자준이 움직이는 것을 방해치 않기 위해서였다.

* * *

모두가 가만 바라보는 가운데 둘은 할 일을 했다.

핏줄기를 살피는 이자준은 핏줄기를 통해서 그림을 그려갔다.

쏟아진 피의 양.

핏줄기가 뻗은 방향. 길이. 그 모든 것들이 그에게 있어 그림을 그려가는 흔적이 됐다.

안에 있는 작게 가라앉은 먼지들, 먼지의 방향조차도 모두 흔적이 됐다.

배운 지 며칠 되지 않은 운현이라면 모를까. 대가라고 할 수 있는 이자준에게는 충분히 많은 증거들이 있었다.

그가 그리기에 가장 안쪽에 있는 것은 정자사 왕순이었다.

이곳의 주지이자 조직의 숨은 자들 중 하나다.

주지이기에 그가 가장 안쪽을 지키고 앉는 것은 이상한 일이 아니었다. 자연스러웠다. 여기까지는 확신이 든다.

그가 먼저 이곳에 자리하고 있었고, 그 뒤에 적사검이 들어왔다.

'아니, 적사검이 아닐 수도 있기는 하지. 흐음…….'

물론 십 중 십 할 적사검이라는 증거는 없었다.

지금까지 쫓아온 흔적. 모든 증거들이 이곳에 적사검이 다녀갔다고 말을 하지만, 꼭 정자사를 적사검이 죽였다고 단정할 수는 없었다.

십 중 구 할.

꽤나 높은 확률이 적사검이 정자사를 죽였다고 하더라도, 항상 여지는 남겨 놔야 했다. 다른 사람이 죽였을 수도 있다는 여지.

그런 여지를 남겨 놔야만 뭐든 확실히 추적을 할 수 있었다.

아무리 흔적이 말을 해 준다고 하더라도 뭐든 쉽게 확신을 해버리면 후에 문제가 되는 경우가 많았으니까.

그래도 일단은 적사검이라고 생각을 하며 이자준은 계속해서 그림을 그려 나갔다.

정자사는 안으로 들어선 적사검으로 추론되는 자를 바라봤을 거다.

그리고 놀란 눈을 했을 터였다.

온몸의 근육이 작게 긴장했던 흔적. 구겨진 옷깃들이 말을 해준다. 아주 작은 흔적이지만 그에겐 보였다.

여기에 오지 말아야 할 존재. 그런 존재가 정자사에 들렀기에 정자사가 놀랐을 거다.

그리고 무언가 대화를 나눴음이 분명하다.

'……오래도록 탔다.'

등불에 남아 있는 기름이 증거다. 그 기름의 양이 얼마 동안 그들이 대화를 나눴는지를 알게 하는 흔적이 됐다.

아주 적은 양이 남은 것으로 보아 그들은 오래도록 이곳에 있었다.

오래도록 무언가 대화를 나눴을 거다. 꽤나 격렬하게. 그러다 어느 순간 이야기가 잘 되지 않았다.

분명 갈등이 있었을 거다. 작든 크든 간에 갈등은 분명 있었다.

하지만 정자사는 그 갈등이.

'암습이로군…….'

갑작스러운 암습으로 이어질 거라고는 생각지도 못했을 거다.

검이 순식간에 폐를 뚫고 지나갔을 거다.

폐에 공기가 차기 시작하고, 피도 차기 시작했을 거다. 아주 순식간에. 깔끔하게 들어간 단 일합에!

그 일합에 찢어진 폐. 뚫린 구멍 사이로 피가 흩뿌려졌을 거다. 어마어마한 양의 피가 검에 뚫린 구멍 사이로 앞뒤로 쏟아졌을 거다.

앞으로는 정자사를 꿰뚫은 적사검을 향해서. 뒤로는 허공을 향해서 길게 핏줄기를 그리면서!

피가 튄 자리가 모든 걸 말해 준다. 앞의 피는 그 양이 모자라고, 뒤의 피는 벽에까지 튀어서 묻었을 정도다.

이 정도의 양이라면 뻔하다.

'온몸이 다 젖었겠어. 그러고도 남지.'

사람의 몸은 생각보다 많은 양의 피를 가지고 있다.

때로 시체에서 나온 피가 주변을 다 물들이고도 남을 정도다.

그런 의미에서 보자면 앞에서 튄 뜨거운 피를 전부 뒤집어쓴 적사검은 온몸이 젖었을 거다.

아주 흠뻑.

그도 당황을 했을 정도로 많은 양이 쏟아졌을 것이 분명하다.

정자사를 찔러 죽이고, 적사검은 아주 급하게 도망쳤다.

"흐으음……."

살인은 처음이 아니겠으나, 이런 식으로 동료를 죽인 건 또 처음일지도 모른다. 그도 아니면 다른 사연이 있겠지.

이를테면.

'배신. 원한. 꼬임. 여러 가지 가능성은 많군…….'

같이 일을 도모하기로 한 정자사가 배신을 한 걸 수도 있다.

평소 정자사에 원한이 있어, 조직을 배신하고 나오는 김에 정자사를 찌르러 온 걸 수도 있다.

일이 여러 가지로 꼬인 걸 수도 있다.

그의 생각대로 가능성은 많다. 그래도 하나 확실한 것은 있었다.

'쉽게 찾을지도 모르겠어.'

좀 더 추적의 가능성이 올라갔다는 생각이 가득 든다.

같은 자리에 있는 운현은 같으면서 다른 것을 보고 있었다.

'제대로군…….'

기감이 강하다 못해서 깨달음을 얻은 그는 기감의 흔적을 읽어갔다.

일격에 푹하고 찔러간 폐를 바라보면서, 어찌 찔렀는지를 살피고 잔존하는 작은 기운을 봤다.

고수일수록. 또한 내기가 강력할수록 검이 찌르고 들어간 자리에 기가 오래도록 남는다.

고수일수록 깔끔하고도 정갈한 기가 남는다.

이해가 안 가면 소위 말하는 생검이라고 말하는 걸 생각하면 편하다.

고수. 그것도 지독할 정도로 높은 경지에 올라간 고수가 자른 꽃은 검에 잘리고도 오래도록 생을 유지한다.

이유?

'자르고 남은 기 덕분이지…….'

꽃을 자르고 남은 기. 그 기운이 꽃에 생기를 불어넣어 준다. 기운이 존재함으로써 싱그러움을 유지할 수 있게 만든다.

그것이 운현이 생각하는 생검의 기본 이론이다.

물론 운현 또한 완전한 생검의 경지에는 들어서지 못했다.

기감에 대한 것을 깨닫고, 지금의 경지에 이르러서야 생검이라는 것에 대해서 고작해야 감을 세웠을 뿐이다.

하지만 그 정도로도 그가 지금 추론을 하고 추적을 하는 데는 충분히 도움이 됐다.

폐를 뚫고 남은 상처에 있는 기운.

'……익힌다.'

그 기운을 운현은 살피고 또 살폈다.

또렷하게 기억하기 위해서. 상처에 남은 기운을 가진 자를 보게 된다면 언제고 알기 위해서.

한참을 두고 기억하고 또 기억했다.

일종의 기의 각인. 이런 일은 운현 정도만 느낄 수 있는 일이었다.

'됐다…….'

당장은 소용이 없겠지만, 정자사를 죽인 범인인 적사검과 가까워진다면 분명 도움이 될 거다.

기운을 읽어서 추격에 속도를 더할 수 있을 것이 분명하다.

"휴우."

모든 작업이 끝이 난 운현이 고개를 든 순간. 자신만의 방식으로 주변을 살피던 이자준 또한 거의 동시에 고개를 들었다.

"허허……."

서로 눈이 마주친다. 더 대화는 없었지만, 서로가 알았다.

각자가 각자의 방식으로 무언가를 찾아냈다는 것을. 그거면 충분하지 않은가.

"가면 되겠는가?"

"물론입니다."

"그럼 바로 가지."

처음 합류를 했을 때처럼 그들은 바로 움직이기 시작했다.

쏜살같이 움직이기 시작했다.

"어엇."

"같이 갑시다."

그 둘을 방해하지 않기 위해서 가만 바라보던 일행이 경공을 펼쳐 또 움직이기 시작하는 그 둘을 급히 따라간다.

남궁미, 제갈소화와 같은 일행은 놀란 눈을 하고서 뒤를 쫓고.

사우는 이런 일을 이미 여러 번 겪은 듯 고개를 휘휘 저으며 어쩔 수 없다는 표정을 하고 따라가기 시작한다.

상의는 없더라도 순식간에 움직이기 시작했다.

별다른 말은 하지 않았지만 다들 하나는 느끼고 있었다.

'의외로 빠르게 찾을지도.'

'거의 왔어.'

이번 추적이 잘되고 있다는 것. 그리고 생각보다 빠르게 적사검을 찾을 수 있다는 것을 다들 말은 하지 않았어도 직감하고 있었다.

*　*　*

꼭 내공, 무공의 경지가 아니더라도 경공으로 한 수 재간이 있는 자들은 무림에 꽤나 많았다.

사우도 그러했다.

경지나, 내공은 분명 일행보다 부족한 편인데 다들 잘도 따라왔다.

특히 이자준의 경우엔 운현 못지않게 빠르다고 할 수 있을 정도였다.

그가 말하는 추적자의 길. 그것을 경공에도 적용해 가면서 움직이는 것이 분명하다.

그렇지 않고서야 이렇게 빠른 속도를 설명할 수는 없었다.

덕분에 일행으로서는 따라가는 것만으로도 벅찰 일이었다. 평지도 아니고 산길을 움직이고 있기에 더욱 그러했다.

그런 상황에서도 이자준은 잘도 주변을 읽었다.

"제대로군. 이쪽으로 가세."

"……핏줄기로군요. 알겠습니다."

어두운 산길. 초행길이나 다름없는 곳을 움직이며, 그에 더해서 작은 흔적까지 읽어 댄다.

말을 할 겨를도 없이 빠른 속도로 경공을 펼치면서 작은 핏줄기를 잘도 봐댄다.

말도 안 되는 짓이지만 그는 그걸 실제로 해내며､일행을 이끌어 가고 있었다.

어마어마한 속도였다.

*　　*　　*

"허억…… 헉……."

모든 것이 계산 밖의 일이었다.

지금의 그에게는 모든 것이 벅차고, 당황스러웠다.

얼마 전의 일만 하더라도 그랬다.

정자사. 평소 조직이 하는 행사에 불만이 많음을 알고 있어 찾아갔건만, 답은 예상외의 것이었다.

"그래도 죽어야지. 죽자 하지 않았나?"

다른 이들처럼 죽어야 한다 말했다. 눈은 굳건했고, 그 누구보다 흔들림이 없었다.

'차라리 다른 자를 찾아갔어야 했나.'

자신만큼이나 흔들린다 생각했던 정자사가 죽자고 말을 할 줄이야.

예상도 못 했던 일이었다.

그의 계산상 몇 사람 정도는 모여야 했다. 몇은 더 있어야 그들을 희생양 삼든 동지로 삼든 간에 이 망할 곳에서 빠져나갈 수 있는 힘이 될 테니까.

그런데 첫발부터 꼬였다.

잔뜩 열이 올라 물었다.

"병신이오? 죽으란다고 죽게?"

"은혜는 안다 해 두지. 내 자네는 모른 척할…… 억."

푸우우욱—

홧김이었다 해야 할까. 아니면 계획된 살인? 알 수 없는 노릇이다.

물론 애초에 설득이 잘 되지 않으면 죽이고자 마음은 먹었었다. 정자사 그가 죽어야 자신의 배신이 조직에 잘 알려지지 않을 테니까.

그래도 마음 한편으로는 정자사가 자신의 뜻을 따라 줄 것이라 여겼다.

그렇기에 정말 그를 죽이게 될 것이라고는 생각도 하지 못했다. 그를 시작으로 동지들을 모아 도망을 칠 계획만 했었을 뿐이다.

그런데 그 계획이 처음에서부터 꼬였다.

적사검으로서는 망할 노릇!

'모든 게 계산 밖이다.'

이대로라면 사형처럼. 아니 모든 사형제처럼 죽을 날만 기다려야 하지 않겠는가.

신의라 불리는 운현. 그의 손에 죽는다면, 그는 영웅이 되어 역사에 남게 되고 자신은 조직의 이름 모를 자로 남을 것이다.

아니 차라리 이름 모를 자로 남는다면 나았다.

운현이 영웅이 된 대신에 자신이 처음 얻은 자신만의 것, 적사검이라는 별호.

그 별호조차도 왜곡되고 변질될 거다.

역병을 퍼트리고, 무림을 혼란에 빠트린 변절자 취급을 받겠지.

실제 그러기도 했지만, 그리 죽고 싶지는 않았다. 자신의 별호를 그렇게 버리고 싶지는 않았다.

자신이 버렸으면 버렸지, 그런 식으로 잃고 싶지는 않았다.

'목숨만 부지하면 돼…….'

십 년. 아니 수십 년.

목숨만 잘 부지해서 살아남으면 어찌 될 거라 여기며 움직였다.

그런데 그 모든 계획이 흐트러졌다. 정자사를 찔렀던 손이 아직도 부들거린다.

사람을 처음 죽인 것은 아니건만, 같은 조직에 속한 이. 그것도 같이 수련을 하던 이를 죽인 것은 처음이다.

정자사와 가까운 사이는 결코 아니었지만, 그것만으로도 충격이 컸다.

'사형은 어찌 그렇게 했소.'

자신의 사형이 배신자를 척살한다는 명목으로, 같은 사형제들 몇을 죽인 것을 알고 있다.

그런 사형은 잘도 굳건하게 버텼건만, 자신은 정자사 하나를 죽이는 것으로도 이렇게까지 충격이 클 줄이야.

부담스러웠다. 너무도 무거웠다. 조직으로부터 도망만 치면 될 거라 여겼는데, 갑자기 숨이 힘겨워졌다.

강한 줄 알았던 자신인데, 사실은 약했다.

조직을 나가서도 잘해 낼 거라 여겼는데, 평생 몸을 담아

온 조직의 그림자라는 것은 크고 두터웠다.

"하악…… 하……."

너무도 혼란스러워졌다. 그래서인지도 몰랐다. 너무도 정신이 없이 뛰었다. 그러다가.

'……엇!'

뒤늦게서야 깨달았다.

야트막한 언덕. 그 아래. 움직이는 자들의 인형(人形)이 몇 보였다.

꽤나 빠른 속도였다. 동물은 저런 식으로 움직이지 않는다. 사람이다. 이곳에서 저런 식으로 움직일 수 있는 자라고 하면 하나.

'무인!'

경공을 펼치면서 움직이고 있는 무인이 분명하다. 방향은 자신이 달리고 있는 쪽이다. 자신이 다녀간 곳을 되짚으면서 올라오고 있다.

아주 빠르게!

'누구?'

안 그래도 복잡한 속내가 더욱 복잡해진다.

'벌써 보냈나?'

조직에서 자신의 배신을 벌써 알았단 말인가. 어젯밤 정자사를 죽였고, 이제 막 동이 트는 시간이지 않은가. 벌써 자신의 배신을 감지하고 움직였단 말인가?

자신이 움직인 지 꽤 시간이 지나기는 했지만, 현재의 조직은 제대로 돌아가지 않고 있는 상황이다.

꼬리를 말고 숨을 자는 숨기 위해서 분주하게 움직이고 있었다.

목숨을 대가로 비밀을 숨길 자들은 죽기 위해서 기다리고 있는 상황이다.

그런 상황에서 자신의 뒤를 따르는 자가 있다?

조직은 아니다. 그렇다면 남는 건 하나다. 신의!

'이건 계산 밖인데…….'

언제고 마주할 것은 알았다. 하지만 지금은 아니었다.

아주 오랜 후가 될 것이라 여겼다.

자신의 몸값이 가장 귀할 때. 조직에 대한 비밀을 팔아넘길 수 있을 때. 그것을 대가로 조직으로부터의 보호를 요구할 수 있을 때가 자신이 신의를 볼 때라고 여겼다.

그때는 자신이 선택할 거라고 여겼었다.

그런데 어찌 벌써 쫓아온단 말인가.

확실하지는 않지만, 분명 운현이 자신을 따라잡기에는 꽤나 먼 곳에 있다고 여겼었는데?

'어떻게 해야 하나.'

너무도 당황스러운 상황에 안 그래도 복잡하던 적사검의

머리가 더더욱 혼란으로 가득 찬다.

겁을 먹어버렸다. 이성을 잃어버렸다. 공포가 잠식한다.

차라리 지금에라도 거래를 하면 좋았을지도 모르거늘, 최악의 선택을 해버린다.

'아직은 때가 아냐. 아직은…….'

앞뒤 계산도 없이 아직은 아니라고 하면서 발을 놀리기 시작한다.

더. 더. 위로.

발걸음을 옮기기 시작한다.

第三章
적사(赤蛇)!

한 인형이 숲을 헤친다. 인형은 미친 듯이 눈이 충혈된 채로 앞을 바라보고 있었다.

'차, 찾아야 한다!'

정신이 반쯤 무너져 버린 그는 미친 듯이 주변을 살폈다. 빠져나갈 구멍을 찾았다. 그 뒤로 웅온한 음성이 들려온다.

"적사검!"

"으엇……."

그 음성에 자라가 목을 감추듯 목을 꾹하고 움츠리는 적사검이었다.

신이검만큼은 아니라고 하더라도, 무림에서 알려지기로

적사검은 풍류를 꽤나 즐길 줄 안다 여겨졌던 자였다. 어느 정도는.

그런 적사검치고는 너무 추레한 모습이었다.

외모가 아닌 정신을 보여주는 눈 그 자체가 이미 정상은 아닌 것으로 보였다.

“서!”

“……흐으.”

차라리 지금이라도 거래를 제안하는 것이 좋을 텐데.

‘사, 사형 같은…….’

눈이 휘까닥 돌아버린 그는 속도를 더 높였다.

몸에 생채기가 나는 것도 무시하고, 효율적으로 내공을 사용해야 함에도 무지막지하게 하체에 내력을 쏟아부으며 움직인다.

빠르게. 더 빠르게.

오로지 속도만을 생각하면서 빠르게 움직이기 시작한다.

타악. 탁.

나무를 꺾고, 숲을 헤치고. 초목을 밟고. 그렇게 얼마나 움직였을까.

‘됐나?’

나름 임무를 수행한답시고, 혹은 조직의 비처를 찾아다닌답시고 온갖 산길을 헤쳤다 자부하는 적사검이었다.

숲길에서만큼은 자신이 있기에 그들을 따돌렸을지도 모른다 생각을 했다.

정자사의 피로 적셨던 적삼도 전부 찢어서 땅 아래로 버렸기에, 문제가 없을 거라 여겼다.

"어억!"

그런데 웬걸!

"노오옴!"

분명 자신의 한참 뒤에 있을 거라 여겼던 자가, 바로 눈앞에 있지 않은가.

차라리 무공이 고강하다고 알려진 신의 운현이라면 이해를 하겠건만, 눈앞에 있는 자는 운현도 아니었다.

운현이라고 하기에는 나이가 많았다. 중년이었다.

그가 아는 운현의 용모파기와 눈앞에 있는 자는 결단코 너무도 달랐다. 하지만 어딘가 익숙했다. 몇 번은 본 얼굴이었다.

'억…….'

신이검. 그의 사형이었던 자. 그자를 보러 갈 때면 가끔 보았던 자다.

'이자준?'

사우라고 불리던 자. 이자준. 그자의 얼굴이다. 신이검과는 너무도 다른 험상궂은 외모를 하고 있던 자이기에 특히 기억에 남던 자였다.

'그자가 왜!'

헌데 그자가 왜 여기 있단 말인가. 그리고 그 옆에 있는 자는.

"내가 나서지요!"

운현과 움직인다고 알려진 당기재이지 않은가.

운현과 움직이는 것과 동시에, 전염병의 치료제를 만드는 데 한 몫을 했다고 해서 꽤 이름을 알리게 된 당기재기도 했다.

무공이 심상찮은 편이기에 더욱 주의를 해야 하는 자 아닌가.

그자가 이자준의 옆에 있었다.

'둘이 붙어먹었다고?'

알 수 없는 상황. 혼란스러운 상황이다. 머리가 복잡해질 수밖에 없었다.

하지만 그렇게 복잡한 머리도 더 이어질 수도 없었다.

"하아앗!"

가타부타 말도 없이 당기재는 손을 써서 날리기 시작했다.

'어떻게!'

그제서야 적사검은 정신이 번쩍 들었다. 이럴 거면.

'차라리 거래를…….'

더 다툼을 벌이기보다는 자신이 가진 것을 가지고 거래를 하는 것이 낫다고 여겼다.

혼미했던 정신을 이제야 차린 것인지, 그도 아니면 급박한 상황이 다가오게 돼서 이제야 정신이 맑아진 건지는 모르겠다.

어쨌거나 적사검은 순식간에 계산이 섰다. 검을 뽑아드는 대신에 양손을 휘휘 저으며 적사검이 외쳤다.

"자, 잠시!"

날래게 움직이던 발의 속도를 조금씩 줄이기 시작한다.

꽤나 뒤늦었지만, 이제 와서라도 대화의 장을 열어보려 했다. 뒤늦은 시도를 하려고 했는데.

"우우…… 으으으."

거래를 하자고 벌린 입에서 이상한 소리가 난다. 뜻대로 말이 나오지를 않는다. 저능아처럼 제대로 말이 표현이 안 된다.

'혀가 굳어? 어느 사이에!?'

그 사이에 독에라도 당했단 말인가.

혀가 굳고, 그 뒤를 이어 발이 더 굳기 시작한다.

퍼억.

다리가 꼬인다. 꼬인 다리기에 속도를 주체하지 못한다.

그대로 볼썽사납게 몸이 땅으로 처박힌다.

"으으 으으으!"

거래. 거래를 하자고 말을 하려 했지만 입은 더 벌려지지 않는다. 그런 적사검을 발견한 당기재가 기쁜 기색으로 달려오기 시작한다.

적사검에게 다다른 그가 외친다.

"잡았다! 요놈!"

정신을 잃기 이전 적사검이 본 당기재는 그 누구보다 환희에 차 있었다.

*　　*　　*

"흐억……."

닫혀졌던 눈이 뜨인다. 상황 파악을 못 할 리는 없다. 적사검은 바보는 아니었다. 순식간에 여러 가지 경우의 수가 그의 머리로 스치고 지나간다.

'일단 잡혔다.'

잡힌 다음엔? 고통은 없다. 고문은 당하지 않았다. 아직은.

대신에 몸이 움직이지 않는다. 몸이 묶인 것도 아닌데 움직이지 않는다는 건 결국 혈이 짚였다는 소리다.

'아주 제대로군.'

얼핏 기를 돌려보려 했으나, 내기 자체가 제대로 느껴지지 않는다. 그렇다고 고통도 느껴지지 않는다. 신기한 노릇이다.

보통은 아무리 마혈을 짚었다고 하더라도 기를 느낄 수는 있어야 한다. 억지로 움직이려고 하면 고통이 전해져야 했다.

그런데 그조차도 없다.

기도 없고, 고통도 없는 상태다.

누군가에게 적사검에게 이런 식으로 마혈을 짚으라고 한다면 말도 안 되는 소리라 할 거다. 그런 소리를 하는 자에게 검을 들이밀지도 몰랐다. 개소리를 할 만큼 자신이 우습냐고.

그런데 그게 실제로 이뤄졌다.

'신의가 직접 했겠군.'

신의의 솜씨다. 보지 않아도 안다. 그가 아니고서야 이런 건 흉내도 못 낼 거다.

이 정도로 마혈을 짚는 실력이라면, 의술은 당연히 신의라 불릴 만한 실력일 거다. 전염병의 치료, 그 이전의 행적으로 봐도 대단했지만 직접 실감을 하고 보니 확실히 와 닿는다.

거기에 무공은.

'상상 이상이겠지.'

신의보다 몇 수는 약하다고 평가를 받은 당기재가 자신을 고꾸라트릴 정도다.

자신이 방심을 한 것. 정자사를 죽인 일로 혼란스러운 상태였던 것. 그런 여러 가지 변수를 감안한다고 하더라도 당기재는 강했다.

그런 당기재보다 몇 수는 위라고 조직에서 판단을 했으니, 자신으로서는 감히 상대하기도 힘들 존재가 신의였다.

애초부터 자신은 중사나 사형처럼 무공이 고강한 편은 아니었으니 이는 확실했다.

상대를 할 만한 자들은 잘해야 스승들 혹은 거의 마지막에 죽기로 한 사형. 그 정도나 가능할 거다.

'태사부라면 또 모르지…….'

조직을 배신한 지금 태사부라 부르는 것이 맞는 걸지는 모르겠으나, 마지막에 볼 때까지도 그 경지를 가늠하기 힘든 태사부라면 확실히 신의를 고꾸라트릴 수 있을지도 모른다.

그리고 태사부와 힘을 합친다는 자들도 또 모르는 일이고.

하긴 중요한 건 그런 게 아니었다.

'악수를 뒀어.'

신의의 무공이 고강함에도, 도망친 게 문제다.

처음 그들이 오는 것을 알자마자, 아니 적어도 자신을 쫓아오는 자가 신의라는 걸 알자마자 협상을 선택해야 했다.

그런데 그러지 못했다. 도망부터 쳤다. 혼란스러웠기 때문이다. 공포에 사로잡혀서 제대로 된 판단을 못 했다.

'바로잡아야…….'

잘못된 걸 바로 잡아야 살 수 있다고 생각을 하려는 그 순간. 적사검의 귀로 들리는 음성이 있었다.

"일어났으면 눈을 떠야지? 무슨 명상을 하겠다고, 그리 오랜 시간을 끄나?"

"……사우? 이자준 대협?"

"대협은 무슨…… 네놈 같은 놈한테 대협 소리 들을 몸도 아니다. 흐음…… 어쨌든 정신은 차렸군. 제대로 차렸어."

투욱. 툭. 투욱.

백정이 잡아먹을 동물을 품평하듯, 이자준은 적사검의 몸 이곳저곳을 만졌다.

"확실히 대단하군. 완전히 제압됐어. 이거 움직이기만 하면 양민이라고 해도 믿겠는데……."

"사, 살려 주시오."

"안 죽여. 죽을 만큼 고통스럽기야 하겠지만……."

"무슨……."

스으윽.

이자준이 품에서 슬쩍 꺼낸 것들. 척 봐도 고문에나 쓰일 만한 것들이었다.

추격에 있어 고문이라고 하는 것은 떼려야 뗄 수 없는 것 아닌가. 때로 사람으로부터 강제적으로 정보를 얻을 때 필요한 게 바로 고문이다.

비록 인격적으로 옳은 행위는 아니나, 어디 인도적인 방법이 통하는 중원이던가.

그런 의미로 보자면 추격의 대가인 이자준은 고문의 대가이기도 할 거다.

자연스레 기구를 바라보는 적사검의 눈이 떨린다. 마음이 다급해진다.

"내 모든 것을 다 불겠소. 그래, 거래. 거래를 합시다."

"크흠……."

덜덜 말을 떨면서 말을 하는데, 이자준의 눈이 예사롭지 않다.

불만에 가득 차 있다. 그러다 그 불만이 폭발한다. 불만이 분노로 변하는 건 순식간이었다. 그 분노가 쏘아진다.

"네놈은 정말 개로구나. 개. 아니, 개도 그러지는 않지. 개는 충성심이라도 있잖은가. 그렇지 않나?"

"그렇지요."

"신의!"

이자준의 물음에 답을 하는 자는 운현이었다. 그런 신의의 출현에 다시금 놀라는 적사검이었다. 그에게 신의는 기척도 느껴지지 않았다.

그런데도 뒤를 밟혔다. 아주 제대로.

제압이 돼 있다지만, 실력의 차이가 심각하다는 이야기다.

"흐음……."

운현은 아무런 대답도 하지 않고, 무심한 눈으로 적사검을 바라볼 뿐이었다.

그러곤 적사검에게 대답해 주는 대신에, 이자준에게 입을 열었다.

"가치는 없을 것 같습니다. 거래라고 하는 건 동등한 관계에서 하는 것이지요."

"그렇지!"

"내, 내가 입을 꼭 다물고 있을 수도 있소!"

협박 아닌 협박.

그 이야기에 이자준이 크게 웃어 보인다.

"푸핫. 개소리 한번 거창하군! 우리 친우였다면 모를까. 네 녀석이? 네 녀석이 과연 입을 다물 수 있다고 생각하느냐? 개도 못 되는 네가?"

속사포처럼 말을 쏘아붙이는 그의 눈에는 얼핏 광기가 스쳐 지나갔다.

친우를 잃은 자의 광기가 잔뜩 담겨 있었다. 지금의 상황에 대한 분노도 함께!

"내 친우는 그러지 않았다. 네 녀석처럼 유약하지도, 구걸을 하지도 않았지. 그런데 같은 곳에 있다는 네놈은 그 티끌도 되지 못하는구나. 흐……."

"나도 내가 좋아서 선택한 게 아니오!"

역린을 건드린 것일까. 두려움에 젖어 있던 적사검이 겁먹은 개가 짖듯 소리친다.

"나의 친우도 그러했다!"

"나는 단지 살고 싶었을 뿐이란 말이오. 그런데 내가 왜 그런 취급을……."

"그건 네가 개도 못 되기 때문이지."

마지막으로 일갈을 하는 이자준의 눈은 차게 식어 있었다.

그는 적사검을 더 상대하는 것 자체가 낭비라 여겼는지, 운현과 같게 무감각한 눈빛으로 적사검을 바라볼 뿐이었다.

차라리 눈에 분노가 가득 차 있었다면 괜찮을 텐데.

분노보다도 무감각한 그 눈이 더욱 비참하고 공포스럽게 느껴지는 적사검이었다.

'무언가…….'

잘못됐다는 걸 직감하지만, 모든 걸 제압당한 그로서는

그 어떤 선택권도 없었다.

"더 상대를 해서 뭣할까. 준비는 되었는가?"

"곧 올 겁니다."

투욱.

어디인지 모를 곳. 그곳의 문이 때마침 딱 맞춰 열린다.

'당기재!'

자신을 제압했던 당기재가 손에 무언가를 들고 와 있었다. 얼핏 보니 환약으로 보이는 것 몇 개. 진한 약향을 주변에 뿌리는 달여진 약재가 보였다.

"딱 맞춰 온 거 같습니다?"

"후후, 그렇습니까. 막 완성됐습니다. 생각보다 쉬이 만들어지더군요."

"어려운 건 아니니까요."

"덕분입니다. 강화를 시켜주신 것도 있고…… 요 사이 많이 배웠지요."

"그거 듣던 중 반가운 이야기군요."

"하하. 그렇습니까? 어쨌건 준비는 다 됐습니다!"

들어온 당기재는 주변을 스윽 바라보며 여유를 부렸다. 적사검을 이미 다 잡은 물고기 취급하고 있었다.

적사검이 어찌하든 간에 정보를 뜯어낼 수 있다는 자신감이 내비쳐 보였다. 저 약에 무언가가 있었다.

'……어떻게 해야 하는가.'

몸을 움직일 수도, 선택권도 없다. 거래를 할 생각도 없어 보인다. 저 약엔 분명 뭔가 있다. 이 상태에서 어찌해야 한단 말인가.

자살을 하고 싶어도, 혀도 잘 움직이지 않는다.

애써 말을 하지만, 혀를 깨물 힘이 들어갈 정도는 아니었다. 이런 상황에서는 자결도 무리였다.

'……그냥 죽을 것을…….'

배신이고 뭐고 하지 않았더라면, 정자사를 죽이지 않았더라면 나았을까 하는 생각이 들지만 이제 와서는 아무 소용 없는 이야기다.

무언가 다른 이야기를 꺼내기에 저들은 너무 완고해 보였다.

당기재와 운현이 다가온다. 안 그래도 진했던 약재들의 향이 코를 가득 메운다.

"먹이시죠."

"자아, 입을 여시지."

"으읍! 읍!"

운현의 명령에 당기재가 더 다가온다.

마음 같아선 손으로 약재를 쳐서 엎어버리고 싶지만 제압당한 적사검으로서는 불가능한 이야기였다. 혀도 깨물지 못한다. 애써 입이라도 닫아 보려고 하지만.

"으으으아!"

잘 제압된 입은 적사검의 의지를 따르지 않았다. 아니 못했다.

억지로 입이 벌려진다. 반항을 하려고 하지만.

"크……."

신의가 투욱하고 어딘가 손을 대자 입이 더 움직이지도 않는다. 혈을 짚었는지, 턱을 뺀 건지 느낌도 없었다. 어찌한 건지 알 수가 없었다.

"큭…… 크읍……."

"귀한 약재이니 남김없이 먹지?"

그대로 식도로 약재가 타고 들어온다. 적사검으로서는 신기하게 고통스럽지도 않았다.

'대체 이게 무슨 수…….'

잘도 꿀덕 꿀덕 약이 넘어간다. 식도가 타들어 가는 느낌 같은 건 없었다. 되레.

'달다…….'

세상에서 먹지 못했던 어떤 진미를 먹는 듯 달게만 느껴졌다.

이렇게까지 단맛이 느껴지면, 질리는 것이 맞는데도 질리지도 않았다. 그저 더 더 마시고 싶을 뿐이었다.

"아……."

모든 약재를 먹은 나중에 가서는 더 이상 단맛이 느껴지지 않음에 아쉬움까지 느껴질 지경이었다.

하지만 아쉬움은 길지 않았다.

"마저 먹자고."

투욱. 퍽.

움직이지 않는 혀에 당기재가 약을 쓸어 넣었다. 대충 만들었던 것 같은 환약들이었다. 금박에도 둘러싸여 있지 않은, 저잣거리 약장수가 만든 듯한 그런 환약이었다.

그 환약을 넣고 신의가 이어서 무언가를 하자 바로 꿀떡 넘어갔다.

"아아아악!"

갑작스레 고통이 느껴진다.

아까는 모든 상황을 잊고 달콤하다고 느낄 만큼 큰 달콤함이 느껴졌다면, 지금은 세상 그 어느 때보다 쓴 맛이 느껴졌다. 쓴맛이 고통으로 전해질 만큼이었다.

고통스러워 몸을 뒹굴던 적사검의 눈이 조금씩 풀어지기 시작한다.

급기야는 덜덜 떨던 온몸이 이완되기라도 한 듯, 축 늘어트리기까지 했다.

그를 지켜보고 있는 운현을 포함한 여러 인물들이 있는

걸 감안하면, 완전히 방심을 하고 있다고 해도 좋을 모습이었다.

기세도 완전히 풀어져서는, 축 늘어진 그 모습이 세상 다 포기한 걸인과 같은 모습이었다.

이 상태라면 굳이 운현이 나설 것도 없었다.

저잣거리의 삼류무사가 나서도 적사검을 죽일 수 있다 할 수 있을 정도다.

어린아이도 검만 쥐여 준다면 능히 죽일 수 있으리라.

그만큼 그의 상태는 완전히 무언가를 놓은 모습이었다. 그리고 그가 놓은 것들 중에는 육체가 아닌 '정신' 또한 포함이 돼 있었다.

그런 적사검에게 운현이 물었다.

"네 이름은?"

"적사……검. 아니…… 정일……. 그게 내 이름이다."

"정일이라……."

중사와 비슷한 이름이다. 별다를 것도 없는 이름. 여느 집안의 첫째 아이라면 흔히 가질 만한 그런 이름이다.

특별할 것 하나 없어야 하는 게 맞지만, 그 정일이라는 이름이 운현들에게는 크게 다가왔다.

"먹혔군."

"확실히 그런 거 같습니다."

이들 조직원들에게 있어서 이름과 같은 건 꽤나 특별한 상징이 아니던가.

그런 상황에서 이름을 말했다 함은, 조금씩이나마 속내를 꺼내들기 시작할 거라는 이야기였다. 좋은 징조다.

'조금 인외적인 방법이긴 하지만.'

운현이 적사검 정일에게 사용한 약은 꽤나 후유증이 상당한 것인 터.

내심 걸리는 바가 없는 건 아니었으나, 그래도 중요한 것들이 있기에 운현은 차분히 심문을 이어갔다.

"네 임무는?"

"죽음. 완벽한 죽음. 꼬리를 잘라야만 하는 것."

점차 심문은 심화되어 갔다. 그리고 동시에.

"몸통은?"

"우리도 자세히는 모른다."

"아무것도 모르나?"

"아니. 나는 일부뿐. 태사부가 모든 걸 아는…… 그나마 알 만한 건 사부 정도…… 그도 곧 죽을 거다."

"하……."

심문이 진행되면 될수록 많은 걸 알아갔다.

그들이 죽어가면서까지 숨기고자 했던 많은 것들. 그들이 최대한 숨기려 했던 비밀.

이미 알고 있었지만 그들이 하는 수련의 방식. 수련을 위해서 희생자들을 만들어 내는 방법.

강시를 만들기 위해서 시체들을 모으는 행위. 온갖 더러운 짓거리들.

하나만 알려져도 쳐 죽일 놈이라는 소리를 들을 만한 그런 이야기들이 이야기보따리 풀듯 쉼 없이 쏟아져 나왔다.

생각보다 많은 것들이 쏟아져 나오고, 그에 이어 지금까지 모르던 모든 것들과 알고 있던 것들 사이에 끈이 이어져 간다. 정리가 돼 간다. 차곡차곡.

결론이 내려진다.

"역시 돌고 돌 뻔했군."

"큰일 날 뻔했습니다."

사준도의 말대로 일행은 자칫 돌고 돌다 끝이 날 뻔했다.

그 사이 저들은 도망을 치고, 꼬리를 끊었겠지. 이미 알고 있었던 바긴 하나, 적사검의 입으로 들은 건 또 달랐다.

"결국 지금까지와 달라진 점은 하나로군."

"그렇죠. 하나를 알게 됐지 않습니까. 그들의 의도대로 돌고 돌아가는 것이 아니라, 직선으로 한 번에 갈 수 있게 됐죠."

"그래. 최종 목적지를 찾았지."

본래라면 적사검을 죽이고, 죽을 각오를 하고 있는 그의 사형제들을 잡아냄이 먼저다.

그 다음으로 그들의 마지막 꼬리. 그들의 스승이라는 자를 잡는 동안 모든 실마리는 끊어졌을 거다.

그게 그들이 세운 계책.

하지만 이 계책도 결국 단 두 명으로 깨어졌다.

신이검과 적사검.

하나는 끝까지 신의와 친우를 지키다가 죽었고, 다른 하나는 자신의 보신을 위한 두 명에 의해서 변수가 만들어졌다.

운현과 일행은 그 변수를 잘 잡아냈을 뿐이다.

끊임없는 의지. 지혜. 운. 그런 여러 가지 것들이 도와주지 않았더라면.

'힘들었겠지.'

그중 하나라도 삐끗했더라면 여기까지 못 왔을 게다. 절묘하게 딱 맞아떨어졌다. 마치 하늘이 돕는 것처럼.

그러니 이제 해야 할 일은 뻔하지 않은가.

"가지요. 수확을 해야 하지 않겠습니까. 마지막 수확."

"그래. 알맹이를 찾아야겠지. 그리곤. 그것들을 전부 찾으면."

목에 손을 대고 가로로 쭉하고 긋는 시늉을 하는 사준도였다. 의미는 명백했다.

죽음.

어떤 일이 일어나더라도 연관된 모든 자를 죽이고 친우의 복수를 하겠다는 그 마음이 바로 전달됐다.

그렇게 일행은 생각보다 많이, 몇 걸음을 성큼 내디뎠다.

그들의 예상보다도 더 빠르게!

第四章
협사(夾士)

협사.

부처를 좌우에서 모신다는 두 보살.

아미타불을 모시는 관세음보살과 대세지보살, 석마를 보시는 문수보살이나 보현보살 등을 사람들은 협사라 말한다.

또는 협시라고도 이르는 자들이 꽤 됐다.

모르는 자들이 꽤 많을 법한 그런 말이지만, 적어도 이곳 소림사가 있는 하남에서는 이 정도쯤은 상식이었다.

글줄 꽤나 읽었다고 하는 자들, 풍류를 즐기는 자들은 아는 척이라도 하기 위해 알아두는 그런 말이었다.

정작 소림에서는 그런 말을 약간 변형해서 사용했다.

방문객들을 접대한다는 지객당(知客堂), 불법을 수도한다는 양심당(養心堂)이나 규율을 감독하는 데 있어 지독할 정도로 타협이 없다 하는 계율원(戒律院).

그런 많은 당(堂)과 원(院).

그것들을 맡고 있는 당주나 원장을 옆에서 모시는 자들을 협사라고들 칭했다.

모신다는 말을 하면, 그 직책이 낮아 보이는 자들이라 보일 수도 있겠으나 실상은 정반대다.

계율을 담당하든, 접객을 담당하든 간에 그들은 무공과 불공에서 한 가락씩 하는 자들이다.

당주나 원장이 자리를 비울 시에는 대리를 하기도 하는 자들이 바로 협사들이었다.

그런 협사들이니 당주를 모신다고 말을 하더라도 낮은 자들이겠는가.

어지간한 무승들보다도 나은 존재들이며, 작은 각의 각주들보다도 훨씬 높은 존재들이 그들이다.

그렇다 보니 그들도 체면을 따지곤 했다.

불공이 높은 자들은 그렇지 않은 자들도 많았으나, 호승심이 강한 무승들의 경우에는 그 정도가 더했다.

어지간한 무림인들보다도 더 그런 체면을 따지는 모순적인 자들도 꽤 됐다.

그런 모순적인 자들 중에서도 꽤 유명한, 소림을 찾아오는 자들을 맞이한다는 지객당의 협사 중 일인, 고승 해인은 그날따라 종종걸음을 걷고 있었다.

지객당에 어지간한 자가 찾아와도 자신의 느린 걸음을 자랑하며, 빠르게 뛰는 법이 없는 그가 종종걸음을 걷는 것 자체가 꽤 괴이한 일이었다.

"크흠……."

그러다가 주변에 아무도 없는 것을 확인을 하더니, 재빠르게 속도를 더 높이기까지 했다.

얼굴에는 연신 식은땀이 나고 있는 채였다.

십계를 맡고 있는 투계승이나, 살계승들보다는 못하다고 하더라도 웬만큼 고강한 무공을 가지고 있는 그가 땀이라니.

삼류무사만 돼도 어지간한 양민보다 몇 배는 더 몸이 강건한 것을 생각하면 현재의 모습은 생각지도 못할 정도다.

무슨 일이 일어난 것이 분명하다.

아예 경공까지 쓰기 시작하던 그의 걸음이 멈춘 것은 방장실을 둘러싸 지키고 있는 팔대호원(八大護院) 앞이었다.

"대사님 아니십니까."

"어서 안에 기별을 넣게나."

"무슨 일이라 넣으면……."

팔대호원을 지키고 있던 무승 중 하나가 그를 알아본다.

계인이 찍혀 있는 얼굴에는 호기심이 가득했다.

어지간해서는 팔대호원에 찾아오는 법이 없는 협사 해인이 찾아왔으니 궁금한 것도 당연했다.

'대체 무슨 일이기에…….'

큰일. 그것도 지객당에서 일어난 큰일이 아니고서야 찾아올 일이 없었다.

허나 무승인 그가 알기로, 현 지객당에는 새로이 찾아온 자들이 없었다. 본래부터 있던 자들만 있을 뿐이었다.

그런 그가 이리 급히 온 것은 무엇 때문일까.

하지만 협사이자, 그의 사숙부 뻘은 되는 해인은 그의 궁금증을 풀어 줄 생각이 전혀 없는 듯했다.

"이 해인이 급히 찾아왔다 말하게. 어서!"

설명도 없이 가타부타 소리부터 냉큼 지를 뿐이었다.

'허어…….'

무승으로선 어이가 없을 따름이지만, 어쩌겠는가.

밖에서는 소림의 무승으로 존경을 받을지 몰라도, 이 안에서는 그도 한낱 문지기가 될 수밖에 없었다.

비록 팔대호원을 지키고 있는 영광스런 자리라 할지라도, 이런 경우엔 답이 하나다.

"알겠습니다. 잠시만 기다려 주시지요."

"빠르게 움직이게. 지급이니!"

"옙!"

그가 급히 몸을 날려 안으로 들어선다.

얼마 뒤. 팔대호원에 거처하고 있는 십계십승(十戒十僧) 중에 하나를 모시고 있는 자가, 들어갔던 무승과 함께 급히 나온다.

"무슨 일인가!"

주계(酒戒)를 맡고 있는 십계승의 수발을 들고 있는 해준.

해인과는 사형제 뻘이라고 할 수도 있는 같은 항렬의 그도 표정이 꽤나 심각해 보이는 상황.

해인에게 들은 바는 없으나, 무언가 이상하다는 것은 충분히 직감하고 있는 듯 보였다.

해인은 그 사이 정신을 좀 차리기라도 한 듯. 아까보다는 조금 다급함을 버리고서는.

"안으로 들어가서 이야기하지. 여기는 눈이 많지 않은가. 주계께서는 계시겠지?"

"물론!"

"그럼 가지!"

조용히 수습을 해서 안으로 들어가기 시작한다.

다만 둘 모두 정신은 수습했어도, 마음은 여전히 다급하기는 한 듯 걸음만은 빨랐다.

남아 있는 이라고는 팔대호원을 지키고 있던 무승 몇들뿐.

“대체 무슨 일인가…… 이게.”

“역병이 지나가고, 이제 좀 수습이 되나 싶었는데…… 일이 일어난 건 분명한 듯하이.”

“이거 참…….”

그들로서는 알지도 못한 채로 무언가 돌아가고 있다는 것만 느낄 뿐이었다.

허나 그들도 하나만은 확실하게 직감할 수 있었다.

‘큰일이 있다.’

역병 때도 꽤나 조용히 몸을 사리던 소림이었다. 의외로 무언가를 알고 있는 듯 크게 몸을 사렸었다.

그런데 이번에는 뭔가 급하게 움직이고 있지 않은가.

말을 하지 않아도 뭔가 일어나고 있음은 확실했다.

*　*　*

오랜만에 팔대호원이 분주해졌다.

‘또 오는군.’

평상시 사람이 들르는 바가 없는 팔대호원에 계속해서 사람들이 밀려들어 왔다.

많은 수는 아니긴 했다. 기껏해야 다섯 정도.

하지만 접객원이 아니고서야 팔대호원에는 달리 사람도 다녀가지 않는 게 평소의 모습이었다.

방장을 지키기 위해 방장실을 둘러싸고 있는 곳이 팔대호원이며, 그곳에 머무르는 승들도 전부 방장의 호위를 위한 승려들 아닌가.

그들을 배려해서라도, 혹은 호위가 방해되지 않게 하기 위해서라도 다들 찾지를 않았다.

중요한 용무가 있을 때를 제외하고는 말이다.

그런데.

'……계율원까지?'

마지막에 들어서는 자들은 좀처럼 움직이지 않는 계율원의 승려였다.

"주계(酒戒)께서 부르셔서 왔네만은……."

"드, 들어가시지요. 따로 기별은 드리지 않아도 되는 것으로 압니다."

"그러지. 고생하게나."

"예."

안 그래도 놀란 가슴이지만, 역시 계율원 승려를 보면 괜스레 가슴이 뛸 수밖에 없었다.

소림사의 그 많은 승려들 중 크든 작든 엄한 계율원의 손길을 피한 자는 없다고 하니, 어쩔 수 있겠는가.

자라보고 놀란 가슴 솥뚜껑보고 놀란 듯한 모습이다. 반쯤은 본능적으로 가슴이 뛰는 것이다.

"휴우……."

마지막까지도 들어가는 계율원 승려를 보며 가슴을 졸이는 그였다.

*　　*　　*

먼저부터 와 있던 협사 해인과 해준.

그들의 뒤로 들어온 계율원의 해담(海曇)과 해방(海方).

그리고 마지막으로 십계 중 하나이며 팔대호원의 한 자리를 차지하고 있는 굉아(宏亞).

총 다섯이 팔대호원 어귀의 한 자락을 차지하고 있었다.

넓디넓은 팔대호원이었지만, 그들 다섯의 존재감만으로도 호원이 꽉 차는 느낌이 들었다.

특히 굉아는 십팔나한 못지않은 고강한 무공을 지녔다는 십계답게 군계일학의 존재감을 뽐내고 있었다.

그를 중심으로 나란히 양옆에 앉은 그들 모두 꽤나 침중한 표정으로 서로를 바라보고 있었다.

길어지는 침묵을 깨는 건 역시 주계 굉아였다.

"어찌해야 한다고 생각하느냐."

"……."

"크흠……."

그의 말에 다들 아무런 말을 하지 못한다. 침묵을 깨려 했으나, 깨지질 않았다. 그만큼 그들의 상황이 좋지 못하다는 것일지도 몰랐다.

"분명 비밀로 해 두었지. 문제는 없을 거라 보았다. 더 커져야 좋을 일도 아니었으니……."

"……그랬지요."

굉아의 명에 따라 그를 보필하는 해준은 조심스레 일 하나를 처리했었다.

소림 방장의 명이 떨어지기 이전에 처리했던 일이었다.

방장이 알지 모를지는 알 수 없으나, 나름 잘 처리가 되었다고 여겼다.

그렇기에 지금까지 침묵이 지켜지는 것이라 보았다. 조용히 아주 잘 처리가 되었다고, 그들의 힘으로 넘길 수 있는 그런 일이라 여겼다.

'……작게 끝날 수 있을 거라 여겼는데. 너무 큰일이 돼버렸다.'

그런데 그게 아닌 듯싶었다.

외부에서부터 인사가 찾아올 줄이야. 그것도 어찌 알고 '그'를 찾는단 말인가.

그들로서는 도무지가 알 수가 없는 상황.

"바깥일에 해박한 해인이 없었더라면…… 몰랐을 게다. 시간도 많지 않다. 알지 않느냐? 그가 온 건 우연이 아닐 게야."

"그렇다고…… 완전히 처리가 가능한 것도 아니지 않습니까? 그는……."

그.

뒤늦게서야 밝혀진 그. 소림승들로서는 아직도 정체를 모를 그다.

아니, 얼마 전까지만 하더라도 그를 다 안다 여겼다. 그 누구보다 소림에 어울리는 승려라 여겼던 때도 있었다.

하지만 아니었다.

누구보다도 소림사의 승려다웠던 그는 이제 사라졌다.

미쳤다. 광인(狂人)이 돼 버렸다.

그의 정체가 무엇인지 도무지 알 수가 없다.

중간에 변하게 된 건지, 본래부터 어떤 목적을 가지고 소림에 들어온 건지 아무것도 알 수가 없다.

그 어떤 이야기도 먹혀들지 않았다.

고문? 소용이 없다.

고통에 잠식되는 자들이나 고문이 먹히는 거다. 고통에 겨워 뭐라도 알려줄 테니까.

하지만 이미 그는 광기에 잠겨 버렸다. 잠겨버린 광증이 고통을 잡아먹고 있었다.

그 어떤 것도 소용이 없는 상태다.

그러니 어쩌겠는가.

천하의 소림사 승려이고, 팔대호원이니, 계율원이니 하는 곳의 지엄한 승려라고 하더라도 광증엔 도리가 없었다.

무언가 알아낼 수가 없었다. 그러니 도무지 진전이 없다.

그런 상황에 다른 이가, 그것도 외부의 인사가 찾아올 줄이야. 당황스러운 상황이었다.

허나 가만 상황을 지켜보던 해인은 상황을 조금은 다르게 봤다. 그가 조심스레 말한다.

"차라리 그라면 수가 있지 않겠습니까? 소문대로라면, 그에게 맡기는 게……."

"갈!"

해인의 말에 굉아가 지엄한 일갈을 내뱉는다. 안이 쩌렁쩌렁하니 울리는 그런 목소리였다.

"외부의 인사가 소림의 치부를 알아서야 되겠는가. 안 그런가, 해담?"

"그렇지요."

바로 답하는 해담이다. 당당한 답이었다.

과연 틀에 박힌 계율원의 승려랄까. 그는 꽤나 고지식한 자였다. 또한 미쳤다고 할 정도로 소림사의 계율과 명예에 대한 집착이 심했다.

그러니 바로 답이 나올 수밖에 없었다.

그에게 있어서 그 무엇보다 중요한 건 소림이지, 외부 인사가 아니었으니까.

또한 지킬 수만 있다면 어느 수단을 써서라도 외부로 문제가 밝혀지지 않길 바라는 자였으니 답은 이미 정해져 있었다.

굉아도 그걸 알고 물었으리라.

그나마 같은 계율원이라고 하더라도 해방은 융통성이 있었다. 허나 그는 굉아와 해담의 대화에 밀려.

"……."

침묵을 지킬 뿐, 달리 아무런 말을 할 수 없었다.

그저 굉아와 해담의 대화를 보고 있을 것 외에 달리 수가 없었다.

'허허…… 어찌해야 하는가.'

'차라리 그를 부르면 쉬이 해결할 수 있을 텐데……'

처음에는 작은 일이라 보았던 게 큰일이 되고, 그 큰일이 지금에 와서는 감당하지 못할 만큼 불어나고 있었다.

그런데 그 큰일을 굉아는 숨기려고만 하니, 어찌하겠는가.

무릇 순리대로 일이 되어야 하건만, 그 순리를 굉아가 막아가고 있었다.

'처음부터…… 오지 말았어야 할 것을.'

그 어느 날.

십계 중 하나인 굉아가 자신을 찾는다 했을 때 오지 말았어야 했다.

해담이라면 모를까. 다른 이들에게 있어서는 이런 모임이 어울리지 않았다. 하지만 이미 발을 너무 깊이 담가 버렸다.

빠져나오고 싶지만, 같이 벌인 일이 있기에 빠져나올 수가 없었다.

그렇게 누군가는 후회, 또 누군가는 소림을 지키겠다는 광기 속에서 진전도 없는 대화가 계속 이어진다.

"흠……."

그런 그들을 바라보는 하나의 시선.

해준의 시선만이 다른 이들과 달랐다는 것을 여기 있는 자들 중 눈치챈 자는 단 하나도 없었다.

* * *

그와 같은 시간에 한참 마음을 졸이는 것은 운현 또한 마찬가지였다.

그들. 소림을 찾아왔다. 오자마자 들렀으나, 소림의 문턱은 의외로 높였다. 아니 정확히는 시기가 이러하기에 높을 수밖에 없었다.

이런 하수상한 시기에 운현의 방문이라니.

'신경이 쓰일 수밖에 없겠지.'

아무리 소림이라고 하더라도 신경이 쓰일 수밖에 없을 게 분명하다.

지금 시기에 운현이 그냥 움직일 리도 없지 않은가. 일이 있기에 움직이는 걸 그들이 바보가 아닌 이상에야 모를 리가 없었다.

그런데 일이라니? 하필이면 소림사에 운현이 들를 일이 뭐가 있겠는가?

운현이야 암중 조직을 추적하기 위함이지만, 소림사의 입장에서는 머리가 복잡해질 수밖에 없었다.

그걸 알기에 급한 상황에서도 잠시 시간을 줬다. 그게 소림에 대한 예라 보았으니까.

소림의 그들. 정확히는 접객원의 승려들이 당황하면서, 접객원에라도 머무르라 했지만 바깥이 편하다며 고사하고 나온 그들이었다.

"잘될 거 같습니까?"

"안 될 게 뭐 있겠습니까. 저희가 요청한 것 아닙니까."

"그럴까요?"

"거만해 보일지라도 신의님도 있고…… 이래 봬도 우리 모두 오대세가의 자제긴 합니다. 아, 그리고 형님은 무당 제자 아니십니까."

"흐흠……."

"다만 뵈어야 하는 분이 워낙에 높다 보니 좀 걸리는 거지요."

"이해는 합니다만은…… 마음이 조급해지는 것까지는 어쩔 수가 없군요."

"그래도 적어도 소림은 정상입니다. 썩지도 않은 곳이지요. 그러니 큰 문제는 없을 겁니다."

썩음.

정파라고 해도 평화가 길어지면 썩는 곳이 있기 마련이다. 당기재가 지적한 부분이 바로 그것이었다.

분명 정의를 표방하는 곳이 정파인데, 알게 모르게 썩어가는 곳은 참으로 많았다.

평화가 그들을 좀먹는 건지. 평화롭기에 본색이 드러나는 건지는 알 수 없다.

'의선문도 그러한 듯하고…….'

다만 생각보다 많은 곳이 그렇다는 게 문제였다.

그나마 소림은 당기재의 말마따나 무림의 태산북두답게 썩지 않았다.

심오하다 할 수 있는 무공, 그를 받쳐주고 있는 부처의 가르침, 지독하다 할 수 있는 계율.

그런 여러 가지가 그들이 뿌리째 썩지 않도록 받쳐주고 있었다.

그렇기에 운현도 믿고 시간을 준 게다. 그들이 운현의 방문을 받아들일 수 있을 그런 시간을.

다행히 그런 시간을 준 것이 먹혀든 것일까.

아니면 소림의 방장이 그 어느 때보다 운현의 방문을 중요히 여긴 것일까.

시간이 얼마 되지 않아서 운현과 그 일행을 찾는 자가 있었다.

"……무적자 어르신!"

이마에 박힌 계와 소림의 복장을 하고 있는 그를 당기재는 용케도 금방 알아봤다.

이미 인연이 있었던 것처럼 반가운 기색까지 보이는 당기재였다.

"허허. 잘 있었는가?"

그런 당기재를 무적자라 불리는 승려는 잘도 받아주었다.

좋은 인연이었던 듯 깊은 미소를 짓는 모습이 제법 부처의 미소와 닮아 있었다.

“안에 계셨던 겁니까?”

“소림의 무승이 소림에 있어야지. 아니 그런가?”

“무적자 어르신이 소림에 발을 붙이고 계시다니. 그거 참 안 어울리는 소리로군요. 하핫.”

“그런가?”

“괜히 무적자가 아니시지 않습니까.”

“허허. 그도 그렇지.”

무적자.

소림의 승려로서 더할 나위 없이 강하지만 상대할 자 없다는 무적(無敵)의 의미가 아니었다.

무림에서 감히 그런 별호를 쓴다면 아무리 소림사의 승려라고 하더라도 진즉에 죽었을 거다.

끊임없이 도전해 오는 상대들부터 명성을 끌어올리려고 암살하려 하는 무리, 사특한 이들까지 전부가 덤벼왔을 테니까.

감히 그런 별호를 쓰고도 살아남은 자는 없다.

그는 상대할 자 없는 무적이 아니라 무적(無籍)이었다.

실상 소림에 적을 두고 있기는 했으나, 그는 출가라도 한 듯 소림에 붙어 있지를 않았다.

임무라는 임무는 전부 도맡아 처리하였으며, 이런저런 핑계로 밖에 있기를 즐겨하는 자가 그였다.

무슨 사연이 있는지 몰라도 소림에서도 그런 그를 방치하듯 둔 덕에 소림승치고는 여러모로 바깥과 인연을 많이 쌓은 자가 그이기도 했다.

적지 않은 연배나 소림 출신임을 볼 때 다른 이들과 어울리지 못할 듯한데도, 그는 꽤 잘해 냈다.

덕분에 당기재가 그를 아는 것이기도 했다. 그의 아비와 무적자가 인연이 있는 덕분에 그도 같이 인연이 쌓인 것이다.

"그나저나 많이 성장했구나?"

"덕분이지요."

"원 농담도. 그러니 이제는 슬슬 소개를 해 주지 않으련? 이미 알고 왔다 하더라도 격식이라고 하는 것이 있지 않느냐."

"하기는 상황이 그러하긴 하지요. 알겠습니다."

적당한 농은 짧았다.

그 이후 이어지는 것은 무적자의 말대로 격식에 맞춘 서로의 소개 정도.

어디의 누구인지. 별호가 뭐인지. 이미 알고 있음에도 자연스레 소개를 한다. 그게 격식이었으니까.

이후의 진행은 빨랐다. 최소한의 격식을 챙긴 무적자는

바로 본론부터 꺼내 들었으니까.

“바로 가도 괜찮겠는가? 아니 괜찮겠지. 이왕이면 바로 움직이는 것이 좋을 터이니.”

第五章
일사천리(一瀉千里)

가자는 곳은 뻔했다. 소림사.

"그래도 괜찮겠습니까?"

"물론!"

단호한 무적자의 목소리가 믿음을 심어 줬다.

며칠은 더 걸릴 것이라 보았는데, 소림 또한 이들의 방문을 중요히 여기는 것이 분명했다. 그렇지 않고서야 이런 빠른 진행은 말이 되지 않았다.

"가지 그럼. 모두 가도 되네. 사우라는 자네들도 모두."

무적자는 이미 모두를 파악하고 있는 듯했다. 낮에 소림사에 들르지 않았던 사우의 존재조차도 이미 파악을 하고 있었다.

'과연…….'

하남성, 아니 적어도 이곳 숭산 근처는 완전히 소림에 의해 통제되는 곳이 분명하다.

그렇지 않고서야 벌써부터 모든 걸 파악하고 있을 리가 없었다.

특히 사우의 존재를 파악한 건 대단했다.

일행이 들르고 이곳에 오기 전까지. 향화객이든 소림의 행사를 위해서 온 이든 꽤나 많은 자들이, 숭산 근처를 다녀갔을 텐데도 그들을 다 파악하고 있다는 의미였으니까.

저력의 일부를 본 느낌이었다.

"가지요."

"죄지은 것도 없는데 못 갈 것이 있겠는가."

"흐음…… 내가 절을 다 가 보는군."

일행은 약간은 어안이 벙벙하면서도, 걸리는 바는 없었기에 거절은 하지 않았다.

무적자도 예상은 하고 있는 듯 고개를 끄덕이는 것으로 바로 일행은 소림사를 향했다.

* * *

일행은 금세 낮에 들렀던 소림사의 정문이 아닌 다른 곳으로 안내됐다.

소림이 가진 여러 문 중에 하나였다. 허나 정문이 아니라 해서 작지는 않았다. 위세 높은 소림다움이 있었다.

자연 그 앞을 지키고 있는 승려들이 있는 건 당연한 이야기였다.

낮이 아닌 밤이기에 더더욱 지킬 이유가 있었다.

"오셨습니까. 그런데 이분들은……."

"……조용."

그들은 운현과 일행을 알아보지 못한다고 하더라도 적어도 무적자는 알아봤다. 이미 나올 때부터 이곳을 통과한 듯했다.

격식을 떠나 친화력이 있는 무적자답게, 짐짓 호감까지 보여 왔을 정도였다.

문 앞을 지키고 있는 승려들을 향해 합장을 하며 조용히 하라는 신호를 보낸 무적자였다.

자연스레 목소리와 분위기가 낮아졌다. 그런 분위기에서도 무적자는 다소 장난기가 어린 어투로 조용히 이야기를 건넸다.

"어르신이 보내라고 하셨으니 더 말은 필요 없지 않겠는가."

"어르신이라면…… 아!"

"들어가도 되겠는가? 정 안 되면 보증은 내가 하지."

"그러실 필요까지 있으시겠습니까. 바로 드시지요."

"허허. 그래."

짧게 끝낸 대화. 그 안에 많은 수신호가 전달되었다.

겉으로 보아서는 단순히 '어르신'이라는 이야기만 하고, 소림사의 문 앞을 통과한 듯했으나 속내는 전혀 그렇지 않았다.

다른 이라면 모를까. 운현은 그 특유의 기감으로 겉으로 보이는 것 이상을 깨달았다.

'전음까지 하는군…….'

별거 아닌 이야기를 하는 듯하나, 문을 막고 있는 승려와 무적자는 전음을 나누었다.

그리고 작은 손짓과 발의 움직임으로 무언가를 전했음이 분명했다.

'흐음…….'

전음의 의미. 손짓과 발짓이 가진 의미까지는 운현이라고 하더라도 알 수는 없었다. 그건 소림이 가진 하나의 암구호였으니까.

대신 무언가 있다는 것을 파악한 것만으로도 성과라면 성과였다.

"가지, 그럼."

"……예."

겉으로 보아선 쉽사리 통과를 하는 듯했으나, 숨겨진 무언가가 있는 것 아닌가.

또한 그들의 수신호가 끝나자마자 주변에 있던 여러 기운들이 움직이는 것을 운현은 분명 느꼈다.

겉으로 보이는 것 이상으로 소림은 철저했다. 또한 확실하게 움직이는 뭔가가 있었다.

'저력이 있어. 아니 그 이상…….'

오기 전에도 저력을 느꼈지만 안에서도 또 다른 것을 느꼈다.

과연 무림의 수좌를 차지하는 곳다웠다. 어쩌면 무당 그 이상일지도 몰랐다. 그가 모르는 무언가. 어떤 존재들이 보이지 않는 곳에서 수없이 움직이고 있었다.

드러난 것 그 이상으로 소림은 강한 힘을 가지고 있을지도 몰랐다.

'좋은 걸 봤어.'

운현이 여러모로 감탄을 하는 사이. 일행은 끊임없이 움직여 갔다.

그들이 움직이는 사이에도 같이 움직이는 자들은 여럿 있었다. 보이지 않는 곳에서 계속해서 움직여 갔고, 그들을 감시 혹은 호위하듯 따라 붙었다.

그들의 무공은 하나같이 고강하였으며, 암행술을 전문으로 익히기라도 한 듯 운현을 제외한 일행으로선 다들 확실하게 눈치를 채지는 못한 듯했다.

무언가 있다고는 느끼더라도, 확실히 확신을 하지는 못하는 느낌이었다.

'그 수가 수십인데…… 눈치를 못 챈다라.'

운현을 제외하고도 일행 중 절정의 고수가 있다는 걸 감안하면 이건 꽤나 놀랄 만한 일이었다.

소림의 승려가 암행술을 익혔다는 것이니까.

정종 무공을 익히는 그들의 특성상 암행술을 익혔다 해서 다른 무술이 떨어지지는 않을 터.

이들이 암행술에 버금가는 무공을 익히고 있다고 한다면, 어마어마한 무력을 가진 이들일 것이 분명했다.

'숨겨진 힘. 그 일부. 어쩌면 소림은…… 괜찮을지도. 아니 이미 많은 걸 파악하고 있을지도 모르겠군.'

시간이 가면 갈수록 소림에 대한 평가를 점차 상향하는 운현이었다.

그런 운현을 옆에 선 무적자가 가만 바라보고 있을 뿐이었다.

*　　*　　*

그 사이 걸음은 계속되었고, 어느덧 팔대호원을 지나가고 있었다.

계속해서 운현에게만 집중을 하던 무적자가 알 수 없는 말을 내뱉었다. 어느덧 시선은 아직까지도 불이 훤히 켜져 있는 팔대호원의 한 어귀를 바라보고 있었다.

"허허…… 저들은 아직인가."

"그게 무슨 소리이신지요, 어르신?"

호기심 많은 당기재가 참지 않고 물었다. 그로서는 무적자의 말을 계기로 무언가 정보라도 얻을까 싶어서 물었을지도 몰랐다.

허나 무적자는.

"아닐세. 아직 바깥으로 새는 바가지는 아니니…… 아니, 어쩌면 그리 될 수도 있겠군. 더 가지. 기다리고 계시네."

"……예."

모호한 말을 남기며 갈 뿐이었다.

그렇게 호원을 지나, 더 안으로 간 일행은.

"들어가시지요."

소림사. 그 안에서도 가장 중요하다 할 수 있는 곳. 중심, 그중에서도 중심. 소림사 방장실의 앞에 설 수 있었다.

*　　*　　*

'작다. 아니 큰가.'

방장실 안은 팔대호원보다도 작았다.

팔대호원 자체가 방장실을 호위하기 위한 공간이며, 또한 방장실에 팔대호원이 포함되기도 하기는 하지만 방장실 자체만 보면 과연 작았다.

무림의 수좌를 차지하는 소림의 방장실이라고 보기에는 작아도 너무 작았다.

무림맹의 한 좌를 차지하고 있는 전주들이 머무르는 곳보다도 더욱 작은 느낌이었다.

그곳이 소림의 방장실이었다. 하지만 이 작다는 생각은.

"들어가지."

타악.

안으로 발을 디디자마자 순식간에 사라졌다.

'크다…….'

운현으로서는 휘청할 정도의 무언가가 느껴졌다. 그래. 그건 기세였다.

공간이 크다고 말하는 것이 아니었다. 그곳에 있는 자. 그곳의 중심을 차지하고 있는 자의 존재감이 너무도 컸다. 그

것은 기세였다.

이곳 작은 방장실이 다 담을 수 있을 거라고 보기에는 너무도 큰 자가 안에 자리하고 있었다.

"허허. 왔는가."

허허롭게 웃고 있는 가운데, 느껴지는 기감은 너무도 컸다.

일부러 드러낸 것도 아니었다.

오히려 그 큰 존재감을 숨기고 있었다. 운현이 아니었더라면 느끼지 못했을지도 몰랐다. 아니 어느 경지에 이르러야만 느껴지는 그런 존재감이 자리하고 있었다.

"으음……."

운현이 자신도 모르게 침음성을 내뱉었을 정도.

그런 운현의 침음성을 눈치를 챘는지, 방장실을 가득 메우고 있던 그.

소림사의 방장이자, 때로는 신승으로 또 때로는 소싯적 별호인 소불자로 불리던 소림사의 방장 굉후(宏候)가 운현을 가만 바라보고 있었다.

아이 같은 호기심. 신의인 그에게 느끼는 호감. 그리고 동시에 소림사 방장으로서 가질 만한 염려까지. 여러 가지 복잡 미묘한 감정을 눈에 담은 채였다.

*　　*　　*

무적자와 방장 굉후의 성격은 비슷한 듯했다.

하기는 배분을 떠나서 방장과 여러 가지로 친분을 나눴다고도 알려진 자가 무적자 아닌가. 그런 그이니 방장을 닮은 것도 십분 이해는 가는 바였다.

적당히, 그러나 길지 않게 인사를 나누는 것으로 모두 자리를 잡을 수 있었다.

"어서들 들게. 차네. 이 자리에 오르고도 아직 이 다도라 하는 건 잘 모르겠으나…… 그래도 제법 괜찮을 걸세."

"……."

"허허. 좋은 것을 또 얻었습니다?"

대부분의 일행은 침묵하는 한편 상황을 살피기만 하고 있었다.

무적자와 방장의 담소가 없었더라면 그나마도 침묵만 이어졌을 상황이다.

'어렵군. 어려워.'

운현으로서도 어디서부터 이야기를 꺼내야 하는지 애매한 상황.

이미 소림의 힘이 어느 정도인지를 간접적으로 느낀 그 아니었던가.

어느 상황이든 그 한 몸 빼고 살아남을 자신은 있지만, 소림사 전체를 상대할 생각 같은 것? 들 리가 없다.

쉽게 말해 깽판을 친다거나 할 수준은 아직 아니라는 거였다.

'……전생의 이야기와는 다르지.'

전생에 보았던 여러 영화들에는 타락한 소림 혹은 제대로 작용하지 못하는 소림이 자주 나오곤 했다.

그런 소림을 주인공이 시원스레 무찌르곤 하는 건 묘한 쾌감을 주기도 하는 이야기였다.

하지만 실제로 느낀 소림은.

'상상 이상이야…….'

가진바 힘이 컸다. 지은 죄도 없는 운현이 괜스레 조심스러워 하는 것일 수 있으나, 당장 지금 일행이 사건을 해결하는 데 있어서는 소림 방장의 협조가 필요한 상황이었다.

그런 상황에서 경거망동은 금물.

상황이 이렇다 보니 운현으로서도 방장이 이야기를 꺼내주기를 기다려 볼 수밖에 없었다.

다행히도 같은 마음이었을까.

"허허……."

방장은 사람 좋아 보이는 웃음을 짓더니.

"그럼…… 슬슬 이야기를 나눠 봄도 좋겠지. 가능하면 둘이서면 좋겠는데 말일세."

부드러운 축객령을 내렸다.

"으음……."

사우 중 성격이 가장 강한 편인 사준도의 경우 눈썹이 잠깐 꿈틀했었다. 당혹스러웠거나 혹은 운현과 둘만 이야기를 나눌 거라곤 생각지도 못한 듯했다.

하지만 이내 이해를 하는 듯 고개를 끄덕였다.

다른 자들도 마찬가지.

얼굴에는 호기심이 가득했고, 앞으로 이어질 대담에서 할 이야기는 일행이나 사우나 많고도 많았다.

그들도 이번 여러 사건에 깊숙이 연관이 된 지 오래였으니까. 하지만.

'신의님이라면야…….'

가장 깊이 알고, 가장 깊숙하게 연관되어 있는 건 역시 운현이다. 또한 믿을 수 있는 것도 신의였다. 어차피 그가 없었더라면 여기까지 올 수 없었음을 일행 모두가 알고 있었다.

사준도의 추격술이 있든 없든, 여러 실마리를 제갈소화가 분석해 냈든 말든 간에 그 중심에는 모두 운현이 있었다.

그런 상황에서 운현을 안 믿고서야 누굴 믿겠는가. 결국 답은 정해져 있었다.

"그럼 저희는 물러납지요."

"허허. 이곳 소림이 생각보다 재미난 곳이 많네. 그곳을 가보는 것도 좋을 걸세. 이 시간이라도 특별히 열 수 있으니."

갈 곳 없는 일행을 무적자가 적당히 이끌어간다.

일행은 조용히 그의 뒤를 따랐다.

*　　*　　*

일행 사우, 무적자 모두가 떠났다. 금방 둘만이 남게 됐다.

'정말 둘이 되었군.'

그에 더해 아슬아슬하게 느껴지던 기척들까지 전부 사라졌다. 방장과 운현. 그 둘만이 방장실에 남았다.

'자신감인가……'

호위를 물리다니? 운현으로서는 놀라울 정도였다.

무림에서의 중요도를 떠나 당장 소림에서 가장 중요한 자가 방장이지 않은가. 그런 방장을 두고 모두가 떠나다니.

운현 특유의 강력한 기감. 절대 고수에 맞먹는다 할 수 있는 기감을 벗어나는 자는 없다 할 수 있으니, 이는 확실한 일인 터.

신의라는 이름 아래에 있는 운현이 무슨 일을 벌이지는 않을 것이긴 하나, 혹시 또 모르는 일 아닌가.

그런데도 호위를 물렸다고 함은 그만큼 방장에 대한 믿음이 두텁다는 이야기나 마찬가지였다.

그렇지 않고서야 호위를 할 그를 두고 움직이는 것은 말도 되지 않는 이야기였다.

그리고 운현의 놀람으로부터 유추를 하였는지.

"허허. 느꼈는가?"

"알고 계셨군요."

이미 운현이 호위까지 물린 걸 눈치챈 걸 알아챈 듯했다.

"이 나이쯤 되면 노쇠해지는 대신에 영악해진다네. 아니 눈치가 빨라진다고 해야 하나. 어지간한 건 알게 되지. 어지간한 건…… 그럼에도 불심은 깊어지지 않는 모순이 생기지만 말일세."

"지혜를 가지시게 되는 거겠지요."

"지혜라…… 정말 그러했으면 좋겠군. 어쩌면 너무 세속적인 것만 추구하는 것일지도 모름세. 방장이란 자리라는 명목하에……."

"……."

힘든 것일까. 아니면 이 또한 시험? 알 수가 없다.

분명 방장을 처음 봄에도 너무도 허심탄회하게 이야기를 하고 있지 않은가.

무거운 자리. 어찌 말을 해야 할지 모를 자리라고만 생각했던 운현으로서는 풀려가는 분위기에 약간은 당황스러울 정도다.

작은 여유였다.

허나 그 여유도 금세 깨졌다.

"자아, 그럼 방장으로서 어디서부터 이야기를 해야 할까. 그래, 그들 조직이 좋겠지. 나는 암화(暗花)라 부르네만. 자네는 어찌 부르나?"

방장은 바로 치고 들어왔다.

'정신 똑바로 차려야겠군.'

도무지 종잡기 힘든 상황. 운현은 풀어졌던 긴장을 다시금 고쳐 잡으며 답을 했다.

"암화라…… 꽤 낭만적인 이름일지도 모르겠습니다."

"저 아래에 갇혀 있되, 꽤나 그럴싸한 자들도 많은 듯했으니까."

"그리 생각을 하십니까?"

"삐뚤어졌을지언정 대의라 하는 것에 목숨을 걸 수 있는 자가 얼마나 될까. 좋은 대의를 가졌다면, 좋은 자들이 되었을 걸세."

방장은 운현과 비슷하면서 달랐다.

운현 또한 그들 암중 조직에 연민을 느끼긴 했다.

신이검처럼 어쩔 수 없이 조직에 몸을 담게 된 자도 있었으며, 혹은 그들이 말하는 대의에 목숨을 버리는 순수함이 있어서일지도 모르겠다.

허나.

'그럼에도 그 수단이 문제다.'

사람을 쉬이 죽이고, 역병을 이용해대며, 강시까지 만들어대는 그들을 어찌 순수하게만 볼까.

아무리 그들의 대의가 순수하다 하더라도, 수단이 더러웠다. 아니 잔혹했다.

그런 그들에게 꽃(花)이라는 말을 붙여주다니.

운현으로서는 아무리 방장의 말이라고 하더라도 고개를 절레절레 저을 수밖에 없었다.

"저는 그저 암중 조직이라 했습니다. 암화라…… 솔직히 어울리지 않는다 생각이 드는군요."

"허허. 너무 좋게 지어줬는가?"

"그렇게 느낍니다."

"솔직하군."

"장점이자 단점이지요."

이번에는 운현이 치고 들어갔다.

"저는 그들을 연합체로 보았지요. 방장 어르신은 어찌 보셨습니까?"

"연합체라…… 그럴지도 모르지. 분명 같이 손을 잡는데도 서로가 잘 모르는 듯하기도 하니…… 연합체라면 연합체겠지."

"역시…… 그러하군요."

호북에 있는 그들과 하남에 있는 그들은 비슷하면서 달랐다.

분명 강시라는 같은 것들을 사용했다.

하지만 하남은 역병을 사용한다는 것이 달랐다.

또한 호북에 있는 자들은 대의라는 것에 목숨까지 걸었는데, 이곳 하남에 있는 자들은 대의라는 말을 입에도 담지 않았다.

'같은 조직이라고 하기엔…….'

그들. 비슷하면서도 다른 것들이 너무 많았다.

그렇기에 내린 결론이었다. 어쩌면 암중 조직은 여러 가지 조직이 합친 그런 조직일지도 모른다는 생각을 갖게 됐다.

방장 또한 어느 정도는 어렴풋이 짐작을 하고 있었던 듯하다.

또한 상상 이상으로 많은 걸 알았다.

"그 시작은 그들도 그리 깊지 않을 걸세."

"아시고 있는 게 있으십니까?"

운현의 표정이 심각해졌다.

“확실하지는 않으나…… 어쩌면 한 명으로부터 시작됐을지도 모를 곳이 그들 암화니까.”

“허…….”

“우리가 너무도 안이했네. 아니 자비를 베푼 것이…… 그리 옳지는 몰랐지.”

“대체 무슨…….”

“허허…… 그래, 이야기를 어디서부터 시작을 해야 할까.”

아련한 듯, 혹은 악몽을 떠올리는 듯 방장은 조심스레 이야기를 시작했다.

第六章
망아(亡兒)와 망아(忘我)

"나 또한 들은 것이지…… 처음 시작은……. 그러니 확실치 못할 수도 있네. 괜찮겠는가?"

"여부가 있겠습니까. 불확실한 것이라도, 지금은 동아줄이 될 수 있을 상황이지 않습니까."

"허허…… 동아줄이라. 그래, 그럴지도 모르지. 어디서부터 시작을 해야 할까."

방장이 눈을 푹하고 감았다.

그리고 그가 눈을 떴을 때는 그 어느 때. 아주 오래전으로 돌아가 있었다.

"눈이 소복이 쌓였었네. 비였다면 그 어떤 여인의 울음보다 깊었을 만큼. 그날 그가 왔지. 아니, 그를 찾았다 해야 하나."

어느 날 사람이 하나 쓰러져 있었다 한다.

숭산의 가까이. 그곳에 색목인인지, 중원인인지 모를 그런 자가 각혈을 하며 쓰러져 있었다고 한다.

"외면을 할 수 없었네. 또한 그 존재의 괴이함이 시선을 끌었을지도 모르지."

꽤나 신기한 존재였다 한다.

기혈은 뭉개져 있지 않은데, 각혈은 끊임이 없었단다.

그런 그에게 승려 하나가 나서서 기운을 북돋아 주었는데, 몸 안에 거대한 주머니라도 가진 듯 기운을 부어도, 부어도 빨아들이기만 할 뿐 달리 변화가 없었다고 한다.

그러다 어느 순간.

"나은 듯 보였네. 정상인인 것처럼……."

끊임없이 이어지던 각혈. 이 정도 피를 흘리고도 괜찮을 수 있을까 싶을 만큼 계속해서 쏟아지던 피가 멈췄다고 한다.

신기하게도 그는 피가 멈추고는 제 혈색을 조금씩 찾아갔단다.

어떤 알지 못할 방식에 치유를 받은 것처럼. 그리곤 기회라 여겼는지, 자비를 구했다고 했다.

"약간은 어눌한 발음이었네. 색목인들이 중원의 것을 발음하듯…… 혀가 굴러갔다지."

"신기하군요."

"그래. 신기하지……. 그도 오래 가지는 않았다고 하네. 금방 발음을 제대로 굴렸다고 하더군."

"흐음……."

"천재 혹은 미치광이일지도 모르지. 그때 이상함을 알았어야 했을지도 모르고."

소림사. 그 안에 있는 승려들은 무공을 익힌 자들이기 이전에 불자이지 않은가.

각혈을 하던 자. 거의 죽어가던 자를 구했다. 허나 거기서 끝을 낼 수는 없었다고 한다.

그 춥디춥던 겨울. 이대로 그를 두고 가기엔 불자들의 마음에 걸리는 바가 많았단다.

"부족한 불심인데…… 그날따라 유달리 발현을 했다지. 허허."

현자의 눈을 한 듯하면서도, 얼핏 광기를 지닌 듯한 그. 그에 대한 호기심이 그를 소림으로 이끌었을지도 모른다고 한다.

"접객원까지는 무리였다고 하네. 그때는 소림을 찾은 자가 많았거든. 해서…… 장경각의 구석 자리를 내줬다더군."

"장경각이라…… 그게 가능했습니까?"

장경각. 소림의 모든 무공이 담겨 있다고 하는 곳이다.

작은 각이라고 하기에는 그 크기가 상상 이상이며, 소림의 모든 정수들이 그곳에 있었다.

권각술로부터 시작하여, 검법에 이르기까지.

혹은 이제는 절전되어 소실되었다고 하는 무공까지도 잠들어 있을 곳이라 하는 곳이 소림의 장경각이었다.

그들이 거둔 사파의 무공서조차도 그곳 장경각에 위치해 있었다. 그런 장경각에 외부인이라니. 말이 안 되는 처사이지 않은가.

"무공을 익힌 자도 아니었네. 일반인의 몸이었지. 아니 보통의 일반인보다 몸이 약했어."

"그렇다 하더라도……."

"아주 잠시, 며칠만 머무르게 하자는 것이었으니, 어렵다면 어려운 일도 아니었네."

"그럴 수도 있겠군요."

"어쩌면 인연…… 아니 악연으로 꼬였을지도 모르지."

약간은 걸리는 바가 분명 있던 운현이었다. 하지만 방장의 말을 들어야 하는 처지였다.

"보자…… 그래 계속 이어가 봄세."

장경각에 머무른 그자는, 땟국물을 벗기자 꽤나 그럴싸한 용모를 가진 젊은이였다고 한다.

“약관(弱冠) 정도나 되었을까.”

성년의 나이. 설사 무공을 익힌다고 하더라도 늦어도 너무 늦은 나이였다.

운현만 하더라도 마보로 학대 아닌 학대를 받으면서 버텨내지 않았던가. 아주 어린 나이부터 그리했었다.

그리 수련을 쌓은 이유?

무공이라 하는 건 어려서 하면 할수록 기혈이 더욱 열려있으며, 더욱 많은 것들을 얻을 수 있기에 그리하는 거였다.

무공을 빨리 익히면 익힐수록 유리한 건 상식이다.

그렇기에 그런 상식으로 보자면 약관의 나이는 많아도 너무 많았다.

그런 그는 은혜를 갚는다며, 손을 보탰단다.

약해 보이는 체력으로 장경각 주변을 쓸고 닦고, 담벼락 하나에 묻은 것이라도 허투루 보지 않고 챙겼다 한다.

“제법 일을 잘해 주었어. 시키지 않아도 각 주변을 챙겼지. 그래서 방심을 했을 수도…… 아니 정을 줬을지도 모르네. 안심했을지도 모르고.”

약한 체력으로 그리도 열심히 움직이는 것. 순수해 보이는 듯한 미소. 불자로서의 자비심. 그런 것들이 방심을 낳은 것일까.

"작은 호신술 하나 정도. 저잣거리에도 있는 기공술 정도는 괜찮겠다 여겼다고 하더군. 그때의 각주님은…… 허허."

"자비로우셨군요?"

"정이 많으셨지! 인연을 끊음도 수행일 수 있음인데……."

방장의 말대로 처음에는 적당한 호신술 정도, 아주 낮은 수준의 토납법 정도를 가르쳤다 한다. 조금만 관심이 있어도 길거리에서 구할 수 있을 수준. 딱 그 정도였단다.

그런데 그는.

"천재였네. 불세출의 기재였을지도……."

하나를 가르치면 열. 아니 그 이상을 깨달았다 한다.

"토납법을 신기하게 여기더니. 더욱 깊게 얻어내더군."

한 번의 호흡으로 다른 이들보다 많은 내공을 얻어냈다 한다.

한 번의 호신술로, 무언가를 깨닫고 되찾아 가는 듯 아니 이미 알고 있는 걸 되새기기라도 하는 듯이 순식간에 익혀 갔다고 한다.

"해서…… 욕심이 생긴 걸지도 모르네. 조금만…… 아주 조금만 가르쳐 봐도 괜찮겠지 않은가 하는 그런 욕심."

"이해는 갑니다."

"허허. 고맙네……."

그 당시의 장경각주는 이미 정이 들어 버렸을지도 모르

겠다.

저잣거리에서 구할 수 있는 수준의 삼류 무공을 가르쳤다고 한다.

소림의 정수를 쌓고 있는 장경각. 그곳에 있는 각주로서는 눈이 높았기에, 그 정도의 무공 정도는 쉽사리 생각했을지도 몰랐다.

그리고 그걸 그는 또 흡수해 냈다고 한다. 아주 쉬이.

호신의 수준을 넘어 삼류 아니 이류 무사로서의 수준을 보였다고 한다. 내공. 그 하나만을 제외하고는 이미 충분했을 수준이란다.

"그리고 시간이 좀 지났지. 그렇게 있다 보니…… 자연스레 장경각의 작은 곳 정도는 들어설 수 있게 됐네."

"장경각의 작은 곳이라 함은……."

"무공서는 없지만 불자들을 위한 불서들이 있는 곳이지. 그 정도야 불심 깊은 향화객들에게도 허락되는 곳이니까. 각주 정도의 권한으로도 허락이 됐네."

무서는 없지만 불서는 있는 곳. 불자를 위한 가르침이 있는 그곳에 들어섰단다.

"불심을 가졌으면 하는 마음도 없잖아 있었겠지……."

그곳에 있는 것들을, 그는 끊임없이 익혀 갔다고 한다.

처음에는 어려운 것들은 읽지도 못하더니, 어느새 독학을 해냈던 듯 하루하루 그 수준이 올라갔다고 한다.

이삼 년쯤 시간이 지나가서는 장경각주보다도 더 많은 것들을 독파해 낸 게 아닌가 하는 이야기가 돌았을 정도란다.

"그 모든 부처의 가르침을 알지는 못했겠으나…… 적어도 가장 깊이 보았지."

말 그대로 독파.

후에는 각주가 책이 어디 있나 그에게 물을 정도였다. 그러다가 어느 순간, 그는 한 책에 집중하기 시작했다고 한다.

"무었이었습니까?"

"불가경. 저 멀리 서역에서 왔다는 신비한 괴서. 그러면서도 부처에 대한 가르침이 담겨 있다고도 하는 책이었지."

"그런 책은 금시초문입니다."

"모를 수도 있네. 장경각이지 않은가. 온갖 괴서, 기이한 것들도 때로 장경각에 담기게 되네. 그게 각의 존재 의의니까. 그게 무엇이든, 부처님과 관련이 있다 싶으면…… 담길 수도 있네."

"아아……."

서적을 보관하는 곳이 장경각이지 않은가.

사파의 무공서라고 하더라도 입수를 하게 되면, 봉인을 하고 넣어두는 곳이 장경각이란 곳이었다.

그런 장경각이라고 한다면 서역에서 왔다는, 부처에 대한 가르침이 있는 책은 꽤 구미가 당기는 책일지도 몰랐다.

읽든 읽지 못하든 간에 보관 가치는 있다고 여겼을 게다. 마치 골동품처럼.

'이해는 가는 바다.'

누군가 그 책을 읽어 불심을 얻으면 좋은 것이고, 아니라면 책을 보관했다는 것에 존재의의를 두었겠지.

"그걸 미친 듯 탐독했다고 하더군. 처음에는 의미도 모르더니…… 그 이후에는 음미를 하는 듯 보였다고 하더군."

그것을 그자는 미친 듯 읽고 탐독하고, 음미하고, 이내 빠져들었다 한다.

그러더니 어느 날.

"욕심을 낼 일이 아닐 터인데. 필사를 해도 될 터인데…… 그걸 들고 떠났네."

"갑자기 말입니까?"

"그래. 갑자기. 거기다…… 그는……."

불가경. 그것을 들고 움직이기 시작했다고 한다.

차라리 그것만 가지고 갔더라면 문제가 되지 않았을 터인데. 무슨 이유에서인지, 친분을 쌓아가던 각의 동자승 하나를.

"……죽였네. 그 누구보다 참혹하게 죽였지."

죽였다 한다. 그에게 정을 준 아이를 아주 참혹하게 죽였다 한다.

"시체를 두 눈으로 보기 힘들 정도였지."

너무도 참혹하여 감히 설명하기도 불경하다 여기는 방장이었다. 세상만사 여러 경험을 해 왔을 그가 이런 모습을 보이는 건 꽤 의외의 모습이었다.

'역시 광자였나…….'

모르긴 몰라도 운현으로서도 보기 힘들 그런 모습이었을 것이 분명하다.

"그리곤 도망갔네. 당연히 추적이 시작되었지."

소림의 아이가 죽었다.

차기 장경각주까지는 아니더라도 각주가 꽤나 귀여워하던 아이였다.

오랜 시간이 지나 장경각의 일익을 담당할 수도 있는 아이. 그런 아이가 죽었는데 어찌 소림이 가만 있을까.

은밀하게. 하지만 충분하게 많은 이들이 그를 추격하기 위해서 움직였다고 한다. 그런데.

"신출귀몰했네. 전에 없던 힘도 보이더군. 그건…… 몇 년 익힌 내공이라기엔 너무도 많았다고 하네."

대체 어디서 내공을 구했을까. 아니 영약을 누구에게서부터 얻었을까.

죽인 동자승으로부터 얻었을까? 동자승이 수십 년의 내공을 얻을 수 있을 그런 영약을 가지고 있었을까?

말도 안 되지 않은가!

그런데 사내는 대체 어디서 힘을 얻었는지는 몰라도, 장경각에 머무를 때에 비해서 너무도 강한 내력을 지니고 있었다 한다.

"본래부터 오성은 뛰어났던 자이지 않은가. 금세 무공을 익힐 정도로."

소림승들의 형(形)을 보고 따라한 것일까.

아니면 그만의 독창적인 방식? 어쩌면 장경각 외부의 불서 중에 무공서가 섞여 있기라도 했던 걸까?

생각지도 못한 경지를 보이면서, 그는 소림이 보낸 추격자로부터 도망을 치는 데 성공했다고 한다.

그게 일차 실패.

우스운 건 그는 동자승을 죽인 죄책감 때문인지, 아니면 다른 이유가 있는지 몰라도 살인은 더 저지르지 않았다고 한다.

소림의 추적자들과 마주해도 제압을 할 뿐. 살생을 벌이지는 않았단다.

'이해가 안 가는 부분이군.'

운현으로서는 이해가 안 가는 부분. 하지만 그 궁금증을 풀어줄 자는 여기 없었다.

그저 이어지는 방장의 이야기를 들어야 했다.

"체면을 생각하지 말았어야 했네. 처음부터 각 파에 도움을 청했어야 했을지도 몰랐네. 허허."

금방 두 번째 추적이 시작되었다고 한다.

전보다 강한 자들을 추려 전에 있던 흔적들을 읽어갔다고 한다. 그런데 그때 만난 그는.

"……더욱 강해져 있었지. 그리고."

고삐가 풀린 무엇이 된 듯 살육극을 벌였다고 한다.

"열이 상했네. 아니 귀의했지……."

추격을 벌이던 자들 중 열. 스물의 고르고 고른 추격자들 중에 반수가 당했다고 한다. 나머지 반수도 천운이 아니었더라면, 죽었을지도 모른다고 한다.

그리고 그는 더더욱 강해졌다고 한다.

"몇 번의 추격이 거듭될수록…… 그는 강해졌네."

살육을 통해 강해지듯, 아니 어쩌면 잠들어 있던 어떤 힘이 깨어나듯 그는 그렇게 상식을 파괴하듯 강해졌다고 한다.

그러다 어느 순간부터는 추격조차도 할 수 없었다고 한다.

조용히 처리를 하기에는 그는 너무도 강해져 있었고, 소림 또한 생각지도 못한 피해에 당황을 했었다 한다.

그마저도 그가 사파로 들어가고부터는 흔적마저 찾기 힘

들어졌단다.

그리고 몇 년이 흘러.

"……마치 홀리듯 만들어내더군."

"설마……."

그가 다시 발견되었을 때, 그는 혼자가 아니었다고 한다.

"암화가…… 그때부터 보였지."

처음에는 조직을 만들었다.

사파인들을 어찌 굴복시켰는지, 어찌 충성을 받아냈는지 몰라도 꽤 많은 이들을 모았다고 한다.

'사파의 영역에서부터인가…….'

여기까지는 차라리 나았다 싶었단다.

"정파인이었다가…… 혹은 정파에 적을 두었다가 사파가 된 자들이 없진 않았으니…… 이해는 갈 만했네."

소림으로서는 자신들의 손으로 사파의 거두를 키운 듯하여 상심이 큰 상황.

허나 그가 크게 움직이기 시작했으니, 사람을 모아 무림 공적으로 명하여 죽이면 된다 여겼다. 그런데.

"그게 끝이 아니더군."

처음에는 사파의 고수를 모으더니, 어느 순간 그들에게 모종의 명을 내린 후 떠났다고 한다.

그때의 사파의 고수들도 각자 흩어져 움직이기 시작했단

다.

"하나도 추적이 어려운데 수십이 나눠 움직여 교란을 하기 시작했네……. 허허, 거기다 목숨을 바치더군. 말이 된다 여기는가?"

"……대체."

거기에 더해 사파인이 목숨을 바쳤단다.

대체 그로부터 무엇을 보았는지는 몰라도, 목숨까지 바치는 충절을 보였다고 한다.

무려 사파인이!

이득을 위해서는 자신의 동료의 등에 칼을 꽂는 것조차 자랑스럽게 하던 자들이 다수인 사파인일진대 목숨을 바치는 충절을 보였단다.

덕분에 추격은 다시 실패. 그리고 다시 또 모습을 드러냈을 때에는.

"이번에는…… 정파의 영역이었지. 아니 어쩌면 다른 곳에서 이미 활동을 했을지도 모르고."

또 다른 조직을 손에 쥐고 있었다고 한다.

사파인이 아니라, 아이들을 키워 만든 다른 조직이 있었단다. 또한.

"세상에 불만을 가진 자들을 잘도 모으더군."

마치 자력으로 철을 끌어들이기라도 하는 듯이, 별의별 자들을 모아 내는 데 성공했다고 한다.

그것도 암중에서!

드러내서 움직일지라도 어려울 일인데, 그는 암중에서 그런 일을 해냈단다.

그때부터는 일개 무림인 하나, 사파의 거두 하나가 태어났다고 보기 어려운 수준이었다.

여러 씨앗이 중원에 퍼졌고, 커지고 있는데 어찌 가만히 있을까.

"너무 늦었었네……."

허나 이곳저곳, 방파에 연통을 넣으려고 하면, 그를 벌하기 위한 연합을 꾸리려고 하면 계속해서 실패했다고 한다.

소림사 내부에 적이 있는 건지, 무림에 그가 뿌린 씨앗들이 암약을 하는 건지는 알 수가 없었단다.

그의 모든 걸 파악하기에 그는 시일이 지날수록 너무도 강해졌었으니까. 또한 암계(暗計)가 너무도 깊었으니까.

소림으로선 달리 수가 없었단다.

"그때부터…… 지루하고 조용한 대전이 벌어졌지."

第七章
책임의 대가

"책임을 져야 하지 않겠는가."

모두의 힘을 모을 수 없다면. 자신들의 힘으로라도 해결을 해야 한다 여겼단다.

"무림대전이라도 벌어진 듯…… 열심히 힘을 모으기 시작했지. 또한……."

실패를 하더라도 계속해서 시도할 수밖에 없었다.

썩지 않은 무림 방파 혹은 인연이 닿은 자들, 확실히 깨끗하다고 생각되는 자들을 찾았다고 한다.

"다행히도 그가 뿌린 씨앗들이 무림을 완전히 잡아먹지는 못했지. 아니 잡아먹었더라면…… 이미 모습을 드러냈을 수도.”

협력자들을 구했다고 한다.

그 협력자들과 함께 조용한 전쟁을 벌여 왔다. 그들 암화라고 불리는 자들과 계속, 계속해서.

죽이고 죽이는. 누군가 알아주지도 않을 어떤 전쟁을 벌였다고 한다.

중원의 곳곳에서.

“그러면서도 두려웠네. 허허. 우리가 상대하고 있는 자들조차, 그가 뿌린 씨앗의 일부라 생각하면…… 끔찍하지 않은가?”

“상상도 하기 힘든 일이군요.”

두려움에 떨면서도 그래도 해 왔단다.

무림의 수좌답게. 정파의 방파답게.

“때로는…… 변절해 버린 무림인도 보면서. 또 때로는 변해 버린 정파인도 보았지. 무림맹 또한 전과 같지만은 않네. 허허.”

그래도 성과는 생각보다 많지 않은 듯했다.

암약을 하는 그자는, 상상치도 못한 수법으로 사람을 모아갔단다.

그러다 보니 협력자들과 함께 겨우겨우 막는 것이 소림으로서는 최선이었다고 한다. 그리고 어느 순간부터는.

"새로운 협력자들을 모으는 것도 어려웠네."

배신자들도 나왔다 한다. 대체 무슨 수법을 쓰는지 몰라도 그는 온갖 수단으로 변절자를 만들어냈다 한다.

그러니 소림이 무림 전체로 일을 크게 키울 수도 없었다고 한다.

그런 암약하는 존재에 대해서 알릴 수 없었다고도 한다.

"어떤 이유에서인지 그는 자신의 정체를 드러내는 걸 극도로 꺼렸네."

"그렇다면 그의 존재를 알리는 게 도움이 되지 않겠습니까?"

"……모르겠군. 그자를 세상에 알리게 되면 그 어떤 족쇄가 풀릴 거 같더군. 일이 커지면 커질수록 그는 더욱 힘을 얻는 듯 보였어."

"흐음……."

"대체 어떤 사특한 수단인지 몰라도 분명 그러했네. 그렇기에…… 조용한 암투가 계속 이어졌지."

"알 수가 없군요."

대체 무슨 수를 쓰는지 몰라도, 조용한 전투가 이어질 수밖에 없었다 한다.

그렇게 수십 년. 전대에서부터 지금에 이르기까지 이어진 암투였단다.

적들을 막았다 싶으면, 또 다른 곳에 뿌리를 내리고 있는 자들이 있었고. 그들을 다시 찾아 처리하는 지루한 전투가 계속됐단다.

그리고 그런 전투의 중심에.

"자네가 들어왔지. 신의라는 이름으로."

"음……."

어느새부터 운현이 들어왔다 한다.

"처음에는 자네 또한 변절자가 아닌가 했네. 허나 계속 지켜보니…… 그게 아니었지."

"저 또한 원해서 끼어든 것은 아니었지요."

"허허. 그래도 덕분에 우리는 숨통이 트였었어."

운현을 중심으로 일이 벌어지기 시작했단다. 조금씩이지만 암투에서 유리해져 갔다고 한다.

아직까지 몰래 암약하는 자들이 있으나, 그래도 운현 덕에 조금씩 나아졌단다. 조금 여유를 갖나 싶었단다. 그런데.

"덕분에 많이 처리를 할 수 있었어. 하지만…… 그래도 적은 상상 이상이더군."

"또 무언가를 발견하신 겁니까?"

"소림에도…… 그들이 숨어 있더군. 허허. 우습지 않은가?"

"대체……."

외부가 아닌 내부에도 간세가 숨어들었단다. 대체 무엇인지도 모를 수법에 의하여.

"그리고 그자들을 처리하기에는 당장은 역부족이로군. 허허…… 우리 소림에서부터 무림맹에 이르기까지…… 얼마나 숨어들었을지 알 수가 없어."

"……신출귀몰하지요."

"그래. 신출귀몰하지. 그렇기에 처음에 자네를 믿을 수 없기도 하였고…… 가만 지켜볼 수밖에 없기도 했네."

"이해합니다."

"너무도 긴 암투였으니…… 의심병이 생긴 걸지도 모르지."

전대에서부터 이어진 암투.

그 암투에 질려버린 듯, 아니 조금은 지친 듯 말을 이어가는 방장은 꽤나 피로해 보였다.

허나 그 피로한 기색은 오래 가지 않았다.

다시금 정신을 가다듬은 방장은 길고 긴 이야기의 종지부. 운현에게 그가 원하던 목적을 바로 알렸다.

"자네…… 도와줄 수 있겠는가?"

또렷한. 그러면서도 오랜 암투에 노쇠해 가는 자의 요청이었다. 그 요청에 대한 운현의 답은 이미 정해져 있을 수밖에 없었다.

'멀리도 돌아온 느낌이군…….'

이제 막 오래도록 다퉈왔던 자들의 정체를 깨달은 느낌이다. 덕분에 머리는 복잡하고 당황스러웠다.

그의 정체에 대한 두려움도 있었다. 어찌 해야 할지 모를 복잡함도 있었으며, 어디서부터 풀어야 할지 가늠이 안 되는 것도 있었다.

하지만 답은 어차피 정해져 있다.

"물론입니다."

거절할 수 없었다. 승낙이다. 대신.

"다만…… 여러 가지를 더 이야기해야 할 듯합니다."

이야기를 풀어가야 했다.

방장에게는 방장의 입장이 있듯, 운현에게는 운현의 입장이 있는 터. 일의 선후관계라고 하는 걸 서로가 따져보아야 했다.

방장은 무림맹부터가 문제라 이야기를 했다.

"의선문만 보아도…… 느껴지는 바가 있지 않은가. 생각보다 뿌리가 깊어."

뿌리 깊은 그들을 어서 꺾어야 한다 했다. 하지만 운현으로서는.

"황궁, 아니 황녀 전하부터 시작을 해야 할 듯합니다. 우군이란 많을수록 좋으니."

황궁부터를 언급한다. 일의 순서가 그게 맞다 느껴졌다.

"황궁이라……."

관과 무림은 서로의 영역을 불침하는 터. 그렇기에 순간적으로 거부감을 느끼는 방장이었으나.

"……새로운 패가 될 수도 있겠군."

금세 수긍을 했다.

"어쩌면 그들이 황궁에도 숨어 있다면, 그들이 가진 패 하나를 뺏을 수 있을지도 모르지요."

"과연!"

또한 운현의 의견에 동조했다. 기다렸다는 듯이. 그리고 바로 다음을 같이 그려갔다.

"허허. 하기는 궁이 더 급박할 수도 있겠어."

"이해해 주셔서 감사합니다."

"아닐세. 이 긴 암투를 끝낼 방안이라면 뭐든 협력하겠네."

"그렇겠지요."

정파인답지 않게 꽤나 효율적인 방식을 추구하는 방장이었다. 그의 말대로 길고 길었던 암투 덕분에 그리 된 것일지도 몰랐다.

'좋아…….'

진정 생각지도 못한 곳에서 아군을 얻었다고 할 수 있는 운현으로서는 다행인 상황.

고집을 부리는 우군보다는, 말이 통하는 아군이 몇 배는 더 나음은 당연하다면 당연한 이야기였다.

"흐음…… 그럼 무림맹은 그 다음이 되겠군."

"그렇겠지요. 어쩌면 그 사이 다른 것이 드러날지도 모르고요."

"그럴지도 모르지. 그래도 준비는…… 내 미리 움직이며 철저히 하지."

"부탁드리겠습니다."

이야기는 착착 진행이 됐다.

방장은 무림맹에서부터 시작하여 자신이 맡을 수 있는 부분을 차분히 맡아간다 이야기했다.

때로는 운현의 의견을 구하기도 하며, 또 때로는 전대에서부터 이어져 왔던 경험을 풀어가며 상의하기를 한참.

'좋아.'

'좋군. 허허.'

오늘 처음 만난 데다, 연배 또한 크게 차이가 남에도 서로가 서로에게 믿음을 얻어가며 시간을 보낸 그들은 결국 큰 그림을 그리는 데 성공했다.

"이대로 움직이면……."

"일단은 맞을 겁니다. 그 외에는 서로 상황을 봐가면서 움직일 수밖에 없지 않겠습니까?”

“허허. 든든하군.”

“……어여삐 봐주시니 감사할 뿐입니다.”

서로가 생각지도 못한 아군을 얻었다.

운현으로서는 항상 끌려다니던 상황에 많은 정보를 얻었고, 또한 생각보다 많은 실마리를 얻었다 할 수 있을 상황!

지난 시간 동안의 진전보다도 더욱 많은 진전을 얻었다 할 수 있었다!

허나.

‘여기서 머물러서만은 안 된다.’

안주해서만은 안 됐다. 안주할 때도 아니었다. 더욱 달려야 할 때였다. 그 어느 때보다 급하게. 당장 눈앞에 있는 것들을 처리해야 했다.

“그리고 우선은…….”

“이곳부터 처리를 해야겠지!”

우선 소림. 그 안에 숨어든 자들을 찾아내야 했다. 그들을 색출하여, 한 걸음 더 나아가야 했다. 어서. 빠르게.

* * *

“과업이 될 때까지는…….”

"그 어느 때보다 바삐 움직여야겠지요."

많은 것들을 약속받았다. 또한 다른 많은 받았으며 받기로 약속했다. 그리고 많은 것들을 주었다. 서로가 자신의 것을 나누었다. 만약 여기서 방장마저.

'그 또한 조직에 속한 자라면…….'

운현과 반대편에 선 조직에 있는 자라면 답이 없을 게다.

하지만 그러지 않을 것이라 봤다.

누가 보아도 소림의 방장이다. 또한 그가 가진 기운은 맑았다. 숭산 소림사의 분위기와 딱 맞는 기감을 가지고 있었다.

그런 그가 암중 조직? 말이 되지 않는다. 그래서야 희망조차 없다.

낙관적으로 생각하는 것이 아니었다. 운현은 자신의 감과 판단을 믿었다.

그리곤 그 감이 말하는 대로 바로 움직이기 시작했다.

*　*　*

금방 무적자를 찾았다.

소림에 적을 두고 있으면서 동시에 적을 두지 않고 있는 승려 무적자. 그가 무적자가 된 데에는 이유가 있었다.

'암투 때문……'

소림사와 조직 간에 벌어지는 암투. 그 안에서 끊임없이 활약을 하고 있기에 그가 소림에 있을 수가 없는 거였다.

끊임없이 그들을 추적해야 하고, 그들을 처리해야 했으니까.

그로서는 소림에 발붙일 새가 없었던 게다.

어쩌면 최전선에서. 또한 명예롭지 못할 수 있는 곳에서 그 누구보다 궂은 역할을 하고 있는 그가 무적자였던 게다.

방장과의 대화로 그걸 알았기에 운현으로서는 새삼스레 무적자가 다시 보일 정도였다.

그 사이 무적자는.

"허허. 많이 늘었구나."

"제법 되었죠!?"

승려답기보다는 무림인답게.

잠시 한담이라도 나누라고 보낸 곳에서 당기재와 한바탕 비무를 벌이고 있었다.

'어찌 된 게야……'

운현으로서는 어쩌다 저런 일이 벌어졌는지 가늠도 안 될 정도.

같은 배분도 아닌 당기재와 비무를 벌인다는 것. 연배에 비해서는 소탈한, 아니 다소 경박해 보일 수도 있는 모습이었다.

그런데도 그런 비무가 벌어졌다니.

"흐음……."

암투를 벌이며 살아온 무적자이기에, 강해진 당기재를 보며 생각지도 못한 호승심이 생긴 것일지도 몰랐다.

어쨌거나 운현이 오는지도 모르는 채로 무적자와 당기재는 서로 손을 겨루고 있었다.

"하앗!"

당기재는 다소 밀리면서도, 끊임없이 손을 놀렸다.

그의 최대 무기라 할 수 있는 지독한 독은 자제를 하고 있으나, 다소 후유증이 없는 독은 분명 사용하고 있었다.

상대의 체력을 갉아먹는다든지, 일시적으로 호흡을 제한한다든지 하는 그런 것들을 사용했다. 비무에는 충분히 용납되고 남으며, 또한 비무를 유리하게 이끌어가기엔 충분한 독들이었다.

그런 독을 사용하는 당기재를 상대로 무적자는.

"……재밌군!"

길게 이어진 장포를 휘두르며 흩뿌려진 독을 파훼한다. 장포로 바람을 일으켜 멀리 날리거나, 기를 불어넣은 장포를 통해서 막아낸다.

그도 뚫고 들어오면.

"하앗!"

오랜 암투에서 독을 사용하는 자를 상대한 경력이라도 있는 듯, 능숙한 몸짓으로 독을 피해내고 기운을 이용해 파훼했다.

그러며 동시에.

"이것도 막아 보아라!"

"허엇!"

독을 뿜어내고 잠시 생긴 찰나의 간격. 아주 작은, 없다 할 수도 있는 당기재의 틈을 찌르고 들어가기도 수차례였다.

당기재로서는 그동안의 경험과 운현의 가르침이 없었더라면 피할 수 없을 그런 예리한 공격들이 쉴 새 없이 날아들어 왔다.

처음에는 독을 뿌려대기 시작한 당기재가 유리했으나.

'밀리기 시작하는군. 과연…….'

끊임없이 당기재의 간격을 찌르고 들어오며, 동시에 한번 공세를 얻으면 쉴 틈 없이 멱을 노리기까지 하는 무적자로 점차 비무가 기울어 갔다.

"죽일 참입니까!"

"허허!"

당기재가 우는소리를 하지만, 오랜 암투로 길들여진 무적자의 손에는 자비가 없었다.

어느 순간부터는 실력을 겨루기 위한 비무인지, 아닌지 모를 그런 살벌한 대련이 벌어졌다. 그러다 어느 순간.

"허어? 왔는가?!"

거짓말처럼 무적자의 손이 멈췄다. 당기재의 품 바로 앞에서.

"엇?"

독을 날리려던 당기재도, 무적자의 손이 멈추니 그에 따라 같이 멈춰서는 건 당연한 이야기!

마치 합이라도 짜기라도 한 것처럼, 동시에 멈춰 섰다.

그 강력한 공세를 펼치던 손을 멈춘 무적자도 대단하지만, 뒤늦게서야 그런 무적자의 합에 맞춰 멈춘 당기재 또한 자신의 실력을 보여주는 일면이었다!

자신들의 수족을 확실하게 통제하고도 남았던 것이다. 또한 그런 매서운 기세의 비무를 벌이면서도 둘 모두 여유가 있었다는 뜻이고!

'……대단들 하군.'

가만히 상황을 지켜보던 운현으로서도 감탄을 할 만한 장면이었다.

당기재는 생각 이상의 성장을 한 것이 분명하다. 처음 이곳에 올 때 이상의 몇 수를 가지고 있는 게다.

또한 무적자는, 겉으로는 허허로워 보이나 실제로는 암투로 단련된 맹장처럼 강력한 수를 가지고 있는 게 분명하다.

소림에 있기보다는 외부로 돌아다니며 적을 상대하고 성장하였을 무적자 아닌가.

그런 그이니, 여느 정파인들과 다르게 실전을 통해서 성장을 한 것이 분명한 터. 소림의 정종 무예의 깊이에 끝없는 실전을 통한 성장이라.

'숨겨진…… 고수 그 이상일지도.'

가진 바 경지 그 이상의 힘을 보일 것이 분명한 무적자였다.

'좋군.'

이번 일을 계기로 무적자 또한 그와 힘을 같이 하는 우군인 터.

우군이 강함은 곧 운현에게도 힘이 되는 일이니 작은 비무를 보고 왠지 모를 든든함을 얻게 되는 운현이었다.

그래도 우선은 그런 든든함을 뒤로 하고.

"왔으면 기별이라고 하지 그랬나."

"좋은 구경이라 그럴 수가 없더군요."

"허허 그랬는가."

날카로운 눈빛을 슬쩍 보이면서 다가오는 무적자를 맞이하고 보는 운현이었다.

"그래, 어찌 이야기가 되었는가?"

무적자의 물음엔 많은 것이 담겨 있었다.

"원하시는 대로 되었다고 해야 할까요?"

"허허. 그래!"

다행히도 운현의 말마따나, 무적자 또한 운현과의 협력을 원했었던 걸까.

운현의 말을 들은 무적자의 얼굴에 환한 주름이 그려진다.

'힘들었겠지.'

오랜 암투. 말하지도 못한 일을 벌여 왔던 그로서는 생각지도 못한 우군들이 생기는 것만큼 반가운 일이 없으리라.

"그렇다면 이들도?"

"그리 되겠지요."

"허허. 좋구나. 좋아. 아주 좋아! 부처께서 이 땡초를 돌보심인가."

환하게 웃어 보이는 무적자였다.

그런 무적자와 운현의 대화가 궁금하기라도 한 걸까. 아니면 자신들이 제외되어서일까.

"대체 무엇인지 알고 같이 웃읍시다!"

대련에서 사용했던 독을 순식간에 수습하고 돌아온 당기재가 와서 우는소리를 해댄다.

다른 일행들도 말은 하지 않았지만, 어느덧 비무대의 한 편에 자리하면서 잔뜩 궁금증을 표하고 있었다.

소림에 들어오고부터는 급한 성질을 죽이면서 짐짓 중후한 척을 하고 있는 사우 또한 같은 표정이었다.

그런 그들에게 운현은 거릴 것이 없었다.

"자아, 이야기를 해 보죠."

모든 것은 아닐지라도 거의 대부분을 포함하는 이야기를 시작했다.

조직에 대한 이야기. 그들이 가진 실체의 일부. 지금부터 해야 할 일들. 생각보다 규모가 커지고 있는 그 이야기가 이어지면 이어질수록.

"대체……."

"허어……."

일행은 놀랐다. 또한 조금은 소름이 돋는 듯, 몸을 움츠리는 자도 분명 있었다.

일행은 어찌 보면 무림 초출. 또한 사우는 각자 절기는 가지고 있더라고 하더라도 넓은 무림으로 보면 강하다고만은 할 수 없는 자들 아닌가.

그런 그들이 쉬이 듣기에는 운현의 말은 무겁고 또 무거웠다. 두려운 진실이었다.

하지만 그런 진실을 모두 들은 그들 중에서.

"……."

"어렵긴 하겠구려."

몸을 내뺀다거나, 두려움에 질려서 도망을 치려는 자는 없었다.

다만 운현과 비슷하게 올곧은 눈빛을 하고 있을 뿐이었다.

그들로서는 두려운 진실을 본 가운데, 같이 하고 있는 운현을 보고 힘을 얻고 있는 것일지도 몰랐다.

'좋군.'

반대로 운현은 그런 그들을 보며 힘을 얻고 있었다.

어려워도 이들이 있다면 해낼 수 있다는 희망이 있었다. 그리고 그 희망을 안고서.

"힘들겠으나 바로 움직여야겠습니다. 안내해 주시겠습니까. 무적자 어르신?"

"허허. 여부가 있겠는가."

움직이기 시작하는 일행이었다.

* * *

'어두워져 가는군.'

날이 어두워져 간다는 이야기가 아니었다. 이미 그들이

올 때부터 밤이었다. 장문과 이야기를 하고 나서는 새벽이 된 지 오래.

날이 밝아오면 밝아오기 시작했지, 더 어두워질 이유는 없었다.

다만 분위기가 어두워져 갔다.

소림이라는 곳이 절이니만큼, 여기저기서 불경이 울려 퍼지며 승려들이 움직이는 가운데에서도 유독 그들이 가는 곳은 어두워져 갔다.

"……."

"……."

다들 말은 하지 않았지만 충분히 그 어둠이 느껴질 정도였다.

그들의 분위기를 눈치챘는지, 무적자가 빙긋 웃음을 지으며 물어온다.

"흘흘. 이상한가?"

"솔직히 그러하군요. 가문에도 이런 곳이 없는 건 아니나, 여긴 좀 심합니다."

솔직한 성격을 가진 당기재답게 답 또한 솔직했다.

"그렇게 느낄 만도 하네. 분위기가 너무 반전되기는 했지. 본래 그러한 용도이기도 하고."

"그래도 여기는 너무 심하군요."

"갇혀 있는 자들 때문일는지도 모르지."

그들이 가는 곳. 뇌옥(牢獄).

이름 그대로 그곳은 죄인들이 갇힌다. 소림에 속한 이들 중에서도 심한 죄를 지은 이들은 계율원의 명에 따라 갇히기도 하는 곳이다.

대부분은 무림의 공적인 자들이 갇히기야 하지만, 승려들이 아예 없는 것은 아니었다.

그래도 지금의 이런 분위기는 심하기는 했다.

"이 안에 아수라라도 있는 거 아닌가 모르겠습니다?"

"흘…… 그런 자가 있을 수도 있겠지. 온갖 군상이 갇힌 곳이니……. 그들 중에 이곳에 갇힌 자들도 분명 있고."

"흠!"

그들. 암화 혹은 암중 조직. 그들 중 갇힌 이가 있을 거라는 말에 모두의 눈이 크게 뜨여진다.

운현으로서도 적사검같이 특이한 경우를 제외하고는, 그들을 생포한다거나 하는 경우는 거의 없었다.

첩자 노릇이나 하는, 조직에서도 신분이 낮은 이면 또 모르겠으나, 암화라는 조직의 핵심에 도달한 자는 잡은 바가 아직 없다.

그런데 무적자가 저리 자랑스레 말하는 것을 보자면.

"살아 있습니까?"

"살아 있다고도 할 수 있고, 없다고도 할 수 있지. 어찌 보면 우리 소림의 수치기도 하고. 클……."

"……그렇군요."

"뭐, 여럿이 있기는 하네. 가서 보게나. 어차피 자네들이라면 알아야 할 자들이지 않은가."

"좋습니다."

분명히 이 안에 암화에 속한 자가 있다.

또한 어떤 사연을 가진 자인 것이 분명하다. 그렇지 않고서야 무적자가 저런 복잡한 표정을 지을 리가 없었다.

'기대되는군.'

협력을 하자마자 바로 생각지도 못한 성과를 얻어간다고 여기며 안으로 들어서는 일행이었다.

허나 그 안에는.

"……자네가 여기는 어쩐 일인가?"

생각지도 못한 불청객들이 있었다.

第八章
불청객!

계율원에 딱 어울리는 자. 일견 올곧아 보이나, 그 안에 깐깐함이 담겨 있는 승려 해담(海曇).

그가 뇌옥의 한편을 같은 계율원의 승려인 해방과 함께 지키고 서 있었다.

소림에서 뇌옥을 가장 많이 다녀가는 이가 계율원의 승려이기는 하나, 이 둘이 지금 이곳에 있는 건 극히 자연스럽지 못했다.

그렇기에 무적자가 물은 거였다. 대체 왜 여기 있냐고.

그에 대한 답은커녕 해담은 되레 맞서고 나왔다.

"자네야말로 왜 여기 있는가?"

무적자와 같은 분배에 있어서인지, 서로 일면식도 있는 듯했다.

"나야 어르신의 말을 받들어 온 게지. 허나 자네가 지금 시간에 여기 있을 이유는 없는 듯하네만?"

"계율원의 일일세!"

"계율원이라……."

무언가를 가늠하는 듯 가만, 눈앞의 해담을 바라보는 무적자였다. 그런 그의 시선이 신경 쓰이는 듯 해담이 버럭했다.

"그래, 계율원의 행사네! 무적자라 불리는 자네가 어찌 그 사정을 알까."

"사정은 몰라도, 두 눈과 두 귀로 듣는 것은 많지. 자네들과 어울리던 '그'가 뇌옥에 들어왔다는 것도 알고 있고."

"무슨 말을 하는 건가."

"모른 척하지는 말게나. 자네들이 그를 신경 쓰는 건 당연한 이야기지. 지난 세월 그와 함께하며 쌓은 친분, 그리고 경험들을 비춰 보면, 쓰여도 너무 쓰이겠지. 안 그런가?"

"전혀!"

"그런데 여기 온 것은 뭔가. 그리고 그 이전에 있던 회동은 무엇이고?"

"그걸 어찌!"

"흘흘…… 내 아무리 무적자라지만, 소림 내의 일은 이 두 귀로 잘 들어서 말일세."

"……."

태생부터 거짓은 말하지 못하는지 당황하며 아무런 말을 하지 못하는 해담이었다.

그의 옆에 자리하고 있던 해방도 마찬가지였다. 그 또한 침묵을 지킬 뿐. 어찌 반박을 하지는 못했다.

하기는 밖을 돌아다니며, 온갖 경험을 쌓은 무적자이지 않은가.

천하의 계율원이라지만, 소림의 안에만 있던 이들에게 바깥의 경험을 쌓은 무적자를 상대하기란 너무 벅찬 일이었을지도 모른다.

그런 그들의 표정 변화를 보고는 무적자가 빙긋 웃는다.

"왜 할 말이 없는가?"

"……우리는 아무런 죄가 없네. 연관도……."

"그거야 두고 보아야 알 일이지. 어디 그럼……."

"자네는 가더라도. 이들은 또 누군가. 감히 뇌옥에 외부인을……."

마지막의 마지막까지 막아 보려는 것인가.

무적자는 들여보내더라도, 운현을 포함한 일행은 막아보려고 하는 해담이었다. 하지만 그마저도.

"허허. 어르신이 허락해서 왔다 했네. 당연히 이들도 허락을 받았네만? 막을 이유가 있는가?"

"아무런 말도 듣지 못했네."

"내가 거짓을 말하겠는가? 그러지 않을 걸 알 터인데? 설마 어르신의 명을 거역하는 겐가? 천하의 계율원의 승려가?"

"그래도 증거를 말을 해야!"

분위기가 미묘했다.

결국 이곳 소림에서 가장 큰 지위를 가지고 있는 자는 방장이다. 그런 방장의 명을 받고 온 무적자와 일행이지 않은가.

그걸 해담은 분명 알고 있을 거다. 그런데도 억지를 부리고 있었다.

'이상한데…….'

미묘하며 또한 이상하다고 여길 수밖에 없었다. 이쯤 되면, 운현으로서도 뭔가 잘못 돌아가고 있다는 걸 느낄 수밖에 없었다.

운현은 잠시 풀어 두었던 기감을 끌어 올렸다.

일반 수준을 뛰어넘는 기감에 기운을 불어 넣어, 뇌옥의 안으로 집중했다. 더욱 세밀하게. 더욱 멀리. 또한 아주 확실하게 읽을 수 있도록!

그리고 그 안에서 몇 개의 기척을 읽었다. 생각보다 많은 기척이 읽어졌다.

기혈을 봉인당한 건지 끙끙 앓는 자가 다수. 뇌옥의 죄인들로 보이는 자들도 다수였다. 또한 그 안을 지키고 있는 자들도 간간이 느껴졌다.

그리고 그 안에는 꽤나 강대한 기운을 가진 자들도 있었고, 그중 한 명의 가까이에는 괴이한 기운을 흘리고 있는 자가 있는 것이 느껴졌다.

그 괴이한 기운을 흘리는 자는 기운이 강하여서 괴이한 것이 아니었다.

기운이 커졌다 줄어들었다 하는 것이, 기운을 가진 다른 이들과 많이 다르다는 것이 괴이했다.

'광증……인가.'

기운의 상태로 보아서는 광증을 가진 자와 비슷했다.

문제는 그런 광증을 가진 자와 강대한 기운을 가진 자가 가까워지고 접촉을 하자마자.

'흔들린다! 아니 폭주다!'

광증을 가진 듯 보이는 자의 기운이 폭주하고 있다는 것이 느껴진다는 거였다.

일반적인 접촉으로는 이런 일이 일어나려야 일어날 수가 없었다.

"이런!"

직접 본 것은 아니나, 운현은 당장 무슨 일이 일어나는 것인지를 느낄 수 있었다. 그의 수많은 경험들이 지금 일어나는 일이 무엇인지를 말해 줬다.

그런 일이 또 일어나게 해서는 안 되었다.

이유, 연유, 사연과 같은 것들은 나중에 들어도 충분했다. 일단은 막아야 했다.

"뚫어야 합니다!"

운현의 말을 경험 많은 무적자는 바로 알아들었다.

같은 소림승. 계율원의 승려와 이제 막 협조를 하기로 한 운현. 그 둘 중에 무적자의 선택은.

"자네들…… 선을 넘었을지도 모르겠군. 하앗!"

"무슨 소리…… 헛."

운현이었다!

무적자는 내부의 인사보다도 운현을 택하는 결정을 했다. 오랜 세월 떠돌았던 그의 직감이 운현을 선택하도록 이끌었는지도 몰랐다.

선택도 짧았으며, 손을 휘두르는 것도 짧았다. 쌍장을 바로 휘둘러 들어가는 무적자의 기습!

그 기습에.

"자네!"

해담은 놀란 눈을 하면서도, 아래로 길게 이어진 장포를 휘두르며 무적자의 쌍장을 막아 들어갔다.

퍼억!

사람의 몸이 서로 부딪쳤다고 믿을 수 없는 과한 소리가 흘러나온다.

후발선제까지는 아니었으나, 기습을 당한 것치고는 해담은 잘도 무적자의 공격을 잘도 막아냈다.

과연 계율원의 승려다웠다!

허나 무적자는 이조차도 예상했는지, 바로 이어서 손을 휘둘러 갔다. 해담이 다른 것을 신경 쓰지 못하도록, 압박해 나아갔다.

그러고도 여유가 조금은 남은 건지. 동시에.

"뚫고 들어가게! 나머지는 내가 처리할 터이니!"

"자네 대체!"

운현 일행에게 앞으로 가라 말했다. 문제는 해담의 옆을 차지하고 있던 이. 해방.

깐깐한 성격을 지닌 해담보다는 유순한 편이라는 평을 많이 받는 해방이지만, 그도 계율원의 승려다.

또한 계율을 지키는 엄격함이 아닌, 뛰어난 무공 덕분에 계율원에 들어설 수 있던 자기도 했다.

바깥 활동을 하지 않아 무림에서는 잘 알려지지 않은 그였으나, 강하디강한 소림에서도, 해자 배의 승려들 중에서도 유독 강한 자가 그였던 것이다.

"이 뒤는 못 지나가네!"

그런 그가 남은 한쪽을 막아서니 태산을 두른 듯 어마어마한 압박이 느껴진다.

기세의 강렬함이 순간적으로 일행의 전진을 막아설 정도였다.

허나 시간은 없었다. 또한 여기서 발이 막힐 만큼 일행은 하릴없지 않았다. 하나가 안 된다면.

"여기는…… 저희가 맡죠."

"맡겨만 줘요."

둘이면 됐다. 둘이 안 되면 셋이면 되었고.

다른 정파의 무인들이라면, 말도 안 되는 이유를 들어 홀로 상대하려 하겠으나 일행은 경험이 많았다.

운현을 대신하여 다른 이들 모두가 나선다.

모두가 쏜살같이 쏘아졌다. 무공, 방식, 내력. 그 모두가 다르지만 금세 해방에게 도달한다는 것만은 같았다. 지금까지의 경험이 헛되지 않은 모습이었다.

"쓸데없는 짓! 물러나게나!"

그런 그들을 상대로 해방이 손을 휘두른다. 긴 장포가 휘날린다. 동시에 그로부터 쏘아지는 건 장력!

보통의 무인들은 평생 가도 보기 힘들다는 장력을 소림승인 그는 쉽게도 날려댔다. 그만큼 소림의 힘이 강하다는 증거!

허나 그런 그를 맞이하는 일행도 부족함은 없었다.

"길고 짧은 건 재 봐야 알겠죠."

"이 정도에 쓰러지기엔 지금까지 해 온 게 있습니다만은! 하앗!"

당기재가 가장 먼저 앞선다.

독연을 뿌린다. 지독하니 강력한 독연이었다. 그는 그런 독연을 잘도 조종했다. 독연이 마치 살아 있는 생물이 된 듯 정확히 일행을 비껴간다.

오로지 해방만을 노린다!

다른 것은 몰라도 적어도 독을 조종하는 것에 있어서는 그의 능력이 굉장히 진일보했다는 것을 보여 주는 단면이었다.

남은 일행이라 해서 뒤지지 않았다.

독연을 뿌려 해방을 당기재가 견제하는 동안.

"하아앗!"

쉐엑!

명학은 검을 휘둘렀다. 어느샌가 밤을 밝히고도 남을 하얗디하얀 검기를 형성해서는 장력을 향해 휘둘렀다.

파앙!

공기가 찢어지는 소리가 주변을 가득 메운다. 흩어진 장력은 그 힘을 주체하지 못하고 주변에 폭음을 같이 선사했다.

또한 남은 충격파가 주변으로 흩어진다.

그 흩어진 충격파는 삼류, 아니 이류의 무사라고 하더라도 잘못 스치면 타격을 입을 만한 위력이었다.

정종 무공이 사파의 무공보다 파괴력이 떨어진다고들 하지만, 적어도 소림의 승려인 해방의 것은 사파 못지않았다. 아니 그 이상이었다.

그런 장력들을.

샤아아악!

'……베었어.'

제갈소화가 벤다. 그녀의 검에도 어느샌가 검기가 맺혀 있었다.

남은 것은 단 한 명. 남궁미!

그녀는 남은 장력을 파괴키 위해 움직이지도, 그렇다고

해방을 견제하기 위해서 움직이지도 않았다.

사모하는 운현에게 가려 호전성이 사라져 보이나, 여느 사내들보다 강한 호전성을 가진 게 그녀였다.

상황이 상황인지라 잠시 가려져 있을 뿐이다. 그녀의 무공, 투로는 전부 공격 일변도를 향해 있다고 봐도 무방했다.

그 성질이 바로 드러났다.

타악.

땅을 박차는 그녀의 방향은 해방을 향해서였다. 두말할 것도 없이 그녀의 검에도 검기가 맺혀 있었다. 아니 그 이상으로 금방 변모했다.

화악!

검강은 아니었다. 다만 그 아래. 불완전한 검사를 줄기줄기 내뿜고 있으나 그것은 검기라고 하는 단계를 넘어서 있었다.

굳이 칭하자면 검강의 아래!

허나 어지간한 건 다 벨 수 있는 것이 검기다. 검강의 아래라고 하나 그런 검기를 뛰어넘었다고 하는 것이 약할까.

독연을 장포를 휘둘러가면서 막아내고. 그러고도 여유를 가졌던 해방의 표정이.

"허엇!"

순식간에 찡그려진다.

'허가 찔렸다.'

남궁미가 정확하게 허를 찌르고 들어왔다.

당기재가 만든 틈. 명학이 방어를 하고, 제갈소화가 그를 돕는 동안 만들어진 촌각의 틈. 보통 사람에게는 보이지도 않을 틈을 찔렀다.

정확히는 감히 자신을 공격할 리 없다고 방심한 해방의 자만심을 그대로 찌르고 들어왔다.

자만심이 만들어낸 의표(意表)는 치명적이었다!

"하앗!"

후우우웅—

뒤늦게 장포를 휘두르고, 장력을 발출하면서 동시에 아끼고 있던 내력을 더욱 끌어 올리는 해방이지만! 남궁미가 더욱 빨랐다!

파앙!

미처 다 만들어지지 못한 해방의 장력을 남궁미의 검이 꿰뚫는다.

줄기줄기 뿜어지던 검사가 조금은 잦아든다. 미완성이었다고 하나 강력한 해방의 장력의 위력을 보여주는 일면이다.

허나 아직 남궁미의 검에 실린 위력은 다 죽지 못했다.

그 위력을 막으려, 해방이 몇 번이고 장포를 휘두르지만.

파앙! 팡! 파앙!

그대로 남궁미의 검에 먹혀들 뿐이다. 그러다 이내, 처음보다는 못하지만 확실히, 살상력은 가졌다 할 수 있는 남궁미의 검이.

콰악!

"……큿."

해방의 손에 장렬한다.

그래도 해방은 과연 계율원의 승려다웠다. 무력이 강력한 그는 마지막의 마지막까지도 포기를 하지 않았다.

남궁미의 검을 피하는 데 온 힘을 다했고, 피하지 못하게 되자 바로 검의 힘을 흘리기 위해 노력했다.

그 결과로, 남은 것은 핏줄기 하나.

내상을 입고도 남을 강력한 검의 힘을 흘린 해방은 손 하나에 상처를 내주는 것으로 남궁미의 의표를 찌른 검을 막아낼 수 있었다.

보통의 무인이라면 죽을 수도 있을 것을 단순히 손 하나로 막아낸 거다. 그래도 손해라면 손해.

한 수의 손해. 아니 작은 반치의 손해로도 생사가 갈릴 수 있는 것이 무인끼리의 겨룸이니, 이 손해는 막대하다 할 수 있을 터.

"크흐…… 정녕…… 피를."

일행이 모두 달려들 때까지도 여유로웠던 해방의 얼굴에 낭패감이 스치운다.

우습게 보았던 일행. 아니 자신감 넘치는 모습으로 상대하려 했던 일행이, 이리도 강한 한 수를 보일 줄을 몰랐다.

이대로 일행을 상대한다는 것 자체가 해방으로서는 큰 난제가 될 수도 있었다.

이보다 더한 낭패는 소림승인 그로서는 전에도 겪어 보지 못했으리라.

허나 그의 낭패는 여기에서 끝나지 않았다.

생각지 못한 의표를 찌르고, 정파인이면서도 다수 대 일로 적을 상대하는 일행을 만드는 데 가장 큰 일조를 한 자는 바로 운현!

명분보다는 실리. 헛된 가식보다는 실용적으로 적을 상대하는 편인 운현 아닌가.

그런 그답게.

"먼저 갑니다!"

그는 일행이 만들어 준 틈을 아주 제대로 찌르고 들어갔다.

해방이 막고 선 자리. 그가 남궁미에게 뚫리며 만들어진 틈을 운현은 바로 비집고 들어갔다.

한 방 먹었다는 것에 낭패감을 느끼며, 어찌 일행을 상대해야 할지 당황하고 있는 해방에게는 더더욱 당황스러운 상황!

당황은 안 그래도 크던 낭패감을 더욱 크게 만들었고, 이는 결국 틈을 더욱 크게 만들어내는 데 일조했다.

운현이 이 안을 뚫고 들어가는 데 충분하고도 남을 틈이 생겼다 이거다!

"아, 안……."

"됩니다!"

타악.

순식간에 해방을 스쳐 간다. 동시에 자신이 미리 준비했던 한 수를 운현은 내지르고 있었다.

파앙!

어마어마한 폭음. 이번에는 육편으로 이뤄진 사람을 노리고 들어간 한 수가 아니었다.

운현이 내지른 한 수는 해방의 뒤편에 있던 뇌옥의 문!

어지간한 자는 여는 것만으로도 벅찰 그 문을 향하고 있었다!

철을 섞어 만든. 뇌옥의 입구. 그것이.

콰즈즈즉.

운현의 단 한 수에 아작이 난다.

선천진기가 아무리 강력하다지만, 말도 안 되는 한 수!

운현으로서는 특유의 기감으로 가장 기운 약한 곳을 노렸으며, 미리 이 한 수를 위해서 어마어마하게 기를 끌어올렸다고 말을 하겠지만.

"……허."

"하. 무슨……."

그를 바라보는 일행으로서는 어안이 벙벙할 지경의 일이었다.

일행으로서는 이 한 수를 하라고 하더라도, 할 수 있을 자신이 없었다. 혹 모른다. 많은 준비를 하고 모든 힘을 사용한다면 가능할지도!

허나 운현은 많은 기를 사용했으나 모든 힘을 사용한 것도, 그렇다고 오래도록 준비를 한 것도 아니었다.

단 한 수!

그 한 수에 뇌옥의 문을 뚫었을 뿐이다.

"노오오옴!"

모두가 당황하는 가운데 가장 먼저 정신을 차린 해방이 운현을 향해 손을 휘두른다.

하지만 이미 그의 손이 맞이할 운현은 뭉개진 문을 뚫고 들어가기 시작한 지 오래다. 그런 그를 해방이 뒤쫓으려 하나.

"안 됩니다."

"허……."

그의 뒤를 잡아채는 일행이 있었다.

처음은 해방이 이들을 막으려고 했으나, 어느새 운현을 향해 가려는 해방을 일행이 막고 있는 모순적인 상황.

그 되도 않는 상황에, 떨떠름함이 느껴지는 해방이었으나 그에게 다른 선택권은 없었다.

스아아아악!

검을 휘두르고 있는 일행을 상대하는 것밖에는!

第九章
통과! 또 통과!

안으로 들어섰다. 해방이 오지는 못할 게 분명했다. 일행이 막으니까.

그렇기에 운현은 자신이 해야 할 일만을 집중할 수 있었다.

바로 안을 살폈다.

안은 어두웠으며 또한 군데군데가 밝았다.

요충지라 할 수 있는 곳만이 밝았다.

등불을 이용해 어둡지 않게 밝혀 놨다. 다만 죄수들이 있을 곳은 생각보다 어두웠다. 여기까지는 미처 신경을 쓰지 않는 듯했다. 아니면 일부러 어둡게 두었거나.

또한 곳곳에서 악취가 났다.

'지독하군.'

오래도록 씻지 못한 자의 냄새, 오물덩어리들의 냄새. 그런 것들이 운현의 코를 찔렀다.

기감만큼이나 오감도 강한 운현이기에 더욱 참지 못할 그런 냄새였다.

소림이라고 하더라도 죄수들을 위한 자비는 생각보다 크지 않은 듯했다.

'감옥답다 해야 하나.'

운현은 안을 살피면서도 발걸음을 멈추지 않았다. 그런 그를 맞이할 의무라도 느껴지는 듯.

"킥킥!"

"신참이냐."

"킥…… 뭐야? 땡중이 아닌데?"

"오라질 놈이 온 거겠지! 어디 견학이라도 하러 왔느냐!"

때로는 웅혼한 목소리로, 또 때로는 독기밖에 남지 않은 목소리로 이곳 뇌옥 한편을 차지하고 있는 자들이 운현을 맞이했다.

목소리는 제각각이었으나, 눈에 있는 독기만큼은 한결같았다. 이곳에 갇히면서 그들에게 남은 것은 오로지 독기뿐인 듯했다.

어지간한 자들은 그 눈빛만으로도 압도당할 만한 그런 눈들이었다.

하기야 다름 아닌 소림의 뇌옥이다. 어지간한 자들은 이런 곳에 갇힐 이유도 없었다.

흉신악살이라고 할 만한 자들이나 이곳에 갇히는 터.

그러니 어지간한 담력을 가지고서는 이런 자들을 상대하기도 힘들 터다. 그런데도 운현은 그런 그들 사이를 한 점의 망설임도 없이 스쳐 지나갔다.

그리고 찾고 또 찾았을 뿐이다.

'빨리 가야 한다. 늦었어.'

더 늦기 전에.

모든 것을 잃기 전에. 애써 잡은 실마리를 잃기 전에 찾아야 한다는 일념으로 발길을 내디디고 있었다.

안으로 더 안으로!

* * *

보이는 광경은 예상 이상이었다.

승복이었을 게 분명한 넝마.

그 넝마를 입은 이는 갖은 악취로 가득 차 있는 뇌옥 안을 더 지독한 악취로 채우고 있었다. 자신의 입으로!

게워내고 또 게워내며 독한 냄새를 만들어내고 있었다. 그 독함이 보통이 아니었다. 독이 섞인 탓이었다.

그것으로도 모자라 같이 게워내는 것은 분명 새빨간 색이었다. 입에서 뿜어내는 것이 새빨간 색이라면 그것의 정체는 뻔했다. 피다. 심하면 내장 조각을 게워내는 걸지도 몰랐다.

처절했다.

그걸 바라보는 자, 아니 자들이 또 있었다.

그 안에 있는 자들은.

'뭐야? 숫자가 다른데.'

셋. 운현이 예상했던 숫자와 달랐다. 운현은 기감으로 둘을 잡아냈다. 그런데 셋이라니. 생각도 하지 못했다.

하나는 무언가를 끊임없이 게워내는 자. 다른 하나는 그의 기감에 걸렸던 자. 승복을 입고 있었다.

또 다른 자는 승복을 걸치고는 있으나 승복이 전혀 어울리지 않는 자였다. 부자연스럽다. 상황에 맞춰서 입은 듯한 느낌이다.

중요한 건 그의 복식이 아니었다.

'기감을 피했어?'

잠시지만 운현의 기감을 피했다는 것이 중요했다. 어찌 피했는지는 감도 안 잡힌다. 이런 경우는 운현으로서도 처음이다.

그래도 다행인가?

"이런! 걸렸군!"

그 중년을 발견함과 동시에 기감이 느껴졌다.

무슨 술수를 쓴 건지 몰라도 여태까지 잡히지 않던 기감이, 운현의 시야에 그가 잡히면서부터 다시금 느껴졌다.

'대체 무슨 술수?'

여태껏 느껴지지 않던 것이 거짓말처럼 확연하게 느껴진다.

기감에서 사라졌다가 시야에 들어서자 느껴지다니? 이런 경우는 운현으로서도 처음이었다. 무림에서도 이런 경우는 기사라고 하리라.

말도 안 되는 일. 또한 알아내야만 하는 일이었다.

여태까지 운현으로서는 자신의 기감을 믿고 움직이는 편이 많았던바.

상대에게 자신의 기감을 피할 수 있는 수단이 있다고 하면 앞으로 일이 많이 어려워질 수도 있었다.

상대가 어떤 식으로든 기감을 피한다고 한다면 그걸 잡아낼 수단을 알아내야 했다.

바로 눈앞에서.

"막게!"

옆의 승려에게 운현을 막으라는 명령을 내리면서 몸을 내빼려고 하는 저자로부터!

'잡는다.'

화아악! 턱!

순식간에 기를 끌어낸 운현의 몸이 쏘아진다.

*　　*　　*

달려가며 가늠한다. 촌각도 안 되는 시간이지만 기감으로 상대의 경지를 파악하는 것은 쉬웠다. 운현의 장기라 할 수 있으니까.

어떤 수단인지 몰라도, 잠시 그의 기감을 속였을지언정 이미 걸렸으니 끝이다.

'하나는 초절정…… 이 된 지 얼마 안 됐나.'

승려다. 그가 넝마를 입고 있는 자에게 약을 주었는지, 손에는 진하게 약 냄새가 배 있었다. 또한 권법의 고수인지 두터운 손은 솥뚜껑만 했다.

덩치도 컸다. 육식을 하지 않는 자가 승려라고 하는데, 그자는 어지간히 육식을 즐기는 자들보다도 몸이 컸다.

그자는 바로 굉아를 보필하고 있는 해준이었다.

과연 십계승 중 하나를 보필하는 자답게 그의 무공은 강력했다. 말이 초절정이지, 무림에서 쉬이 보기 힘든 경지다.

강기에 입문하는 경지로서, 초고수의 반열에 들어섰다고 하기에 충분했다.

우스운 건.

'저자는…… 절정도 안 되지 않나.'

해준에게 운현을 막으라고 말하며, 도망치려는 기색이 역력한 자.

승려의 승복이 전혀 어울리지 않는 자. 운현의 기감을 피했던 그자의 경지는 이제 막 일류의 끄트머리로 보였다.

일류.

일류라는 단어 자체로 결코 하수가 아님을 말해 주기는 하나, 초절정인 해준에게 명령을 내린다고 하기에는 경지의 차이가 너무도 났다.

초절정이 일류의 명을 받는다? 그것도 소림에 속한 자가 분명한 해준이?

'뭔가 있다.'

뭔가 있지 않고서야 명령을 들을 리가 없다. 그에 대한 자세한 건.

파앙!

"노오오옴!"

"……시끄럽다!"

장포를 휘날리며 달려드는 해준을 막아서는 것으로 시작해 차차 알아보면 될 터.

'왼쪽!'

운현은 그 시작을 화려하게 열었다.

그의 왼쪽을 노리고 들어오는 해준의 장포를 피한다. 맹렬하기 그지없는 공격이었으나, 피하지 못할 것도 아니었다.

발목을 비틀어 살짝 몸을 움직이는 것만으로도 공격을 흘려내는 데에 성공한다. 바로 만들어진 틈!

'잡는다.'

운현의 보법을 무시했으며, 운현이 오고 있음에도 어설픈 공격을 한 해준의 패착이 컸다.

고수와 고수의 싸움은 한 끗 차.

단 일 초라는 한 수로도 승패가 결정 나는 터.

빠르게 몸을 날린 운현은 시작도 전부터 최선의 한 수를 준비했다. 반면 해준은 저 승복을 입은 자의 명령에 어설프게 반응했다.

그 작은 차이가 큰 차이로 갈라졌다.

퍼어어억!

"……컥."

오른손으로는 검을 뽑아내며, 왼손으로는 어느샌가 공력

을 끌어올린 운현. 그는 곧바로 손을 휘둘러 자신의 왼쪽에 달려든 해준의 틈을 노리고 찌르고 들어갔다.

일수였다.

곧게 편 운현의 손이 그대로 해준의 왼쪽 갈빗대를 치고 들어갔다.

갈빗대라고 하지만, 뼈는 뼈. 갈빗대에 손을 박는다면 어지간해서는 손이 상하겠지만, 운현의 손은 거침이 없었다.

어느샌가 강기까지 둘러싼 그의 손이 갈비뼈를 지나 폐까지 찌르고 들어감은 순식간이었다! 그나마 심장에 꽂히지 않았음이 다행일 정도!

"……큿……."

푹!

폐까지 뚫고 들어갔던 운현의 손이 다시금 해준의 가슴팍에서 뽑아져 나온다.

뭐든 잘라 버리는 강기답게, 강기를 두른 손에는 핏빛조차도 남지 않았다. 서슬 퍼런 강기만이 여전히 불타오르고 있을 뿐이었다.

그 한 수. 강하게 찌르고 들어간 한 수가 모든 승패를 가르고도 남아, 해준에게 큰 타격을 줬다.

"크아아아악!"

사파의 고수. 아래에서부터 굴러먹은 낭인 출신. 그런 무사였다면 폐가 꿰뚫리고도 운현을 노리고 들어왔을지도 모른다.

독기. 복수심. 광기.

그런 것들로 버티고 일어선 자들이 낭인이며, 사파 출신의 고수들이니까.

하지만 소림의 개세적인 무공과 풍족하게 이어지던 지원으로 말미암아 초절정에 이르게 된 그. 많은 고수들의 가르침으로 올라섰으나, 실전의 경험은 부족하다고 할 수 있는 해준은.

"노, 노오오오옴!"

이미 반쯤 기세가 꺾였다.

강한 내공, 무력, 경지로 인해서 폐가 꿰뚫리고도 버티고 설 수는 있었으나 딱 그 정도뿐이었다.

이미 운현에게 더 덤벼들 기세를 일으키지 못했다.

자가보신(自家保身).

자기 자신의 안위를 지키는 데에만 온 힘을 다할 뿐이었다.

무슨 말인고 하니, 더 운현에게 덤빌 생각을 하지 못했다 이 말이다!

해준. 그는 초절정이라는 경지에 있음에도 단 한 수에 무너지며, 더 오래 운현의 발목을 잡지 못했다.

하지만 그것으로도 어설프게 승복을 입은 자는 충분한 듯했다.

촌각(寸刻)이 조금 넘을 정도.

아주 짧은 시간을 해준이 벌어줬을 뿐이지만, 일류쯤 되는 자가 한 몸을 빼는 데는 충분했다.

운현은 이곳이 초행이고, 어쩐 일인 것인지 그는 이곳 뇌옥의 지리를 잘 아는 듯 보이니 더더욱 충분해 보였다.

허나 운현은.

"어딜!"

생각지도 못한 수단을 사용해 냈다.

무인이라면, 경지에 이른 자라면, 아니 그 이전에 상식적으로! 운현과 같은 일을 벌일 자는 중원에 손으로 꼽을 것이다.

스아아아악!

그는 몸을 날리지 않았다. 애써 경공을 펼치지도 않았으며, 거리가 짧다 해서 정밀한 보법을 펼치려고 하지도 않았다.

그 대신에 다른 걸 날렸다.

검!

검수. 권법을 사용하기는 하지만 검으로도 경지에 이르렀다는 자가 할 수 있는 행동은 아니었다. 그런데 그것을 운현은 해냈다!

권법. 그 외에도 많은 수단으로 자신을 지켜낼 자신이 있기에 해낸 것이겠지만, 이는 상대의 허를 제대로 찌르고 들어가는 행동이었다.

푸우우욱!

운현의 검. 장인이 공을 들여서 만들었음이 분명한 그의 새하얀 검이 어설프게 승복을 입은 자의 가슴팍을 그대로 파고든다.

힘이 어지간히 담겨 있었던 검이었던 건지, 검 손잡이를 남기고 전부 박혀 버렸다.

공교롭게도 왼쪽의 폐가 뚫려버린 해준과 같이 그도 왼쪽 폐가 있을 부근에 검이 박혔다.

무인이기 이전에 의원으로서 또한 전생의 의사로서 인체를 가장 해박하게 파악하고 있는 운현 아닌가. 노린 것이 분명하다.

일류라지만 피하기 힘들, 아니 설사 절정이라고 하더라도 생각지도 못할 그런 공격이었다.

"……케엑! 미친!"

제대로 허를 찔렀다!

전생하고 중원에서 오래 지내며, 중원의 방식으로 살며 움직이고 있는 운현이라지만, 전생의 영향을 받은 것 또한 사실이기에 할 수 있는 미친 짓이기도 했다.

고통스러워서인 걸까.

아니면 가슴을 꿰뚫고도 남은 괴력이 그의 몸을 괴롭히기라도 하는 걸까?

"……크흐……."

펄썩.

승복을 입은 자의 무릎이 절로 꿇려진다. 동시에 누워 쓰러지려 하지만 그의 가슴팍에는 검이 박혀 있었다. 그가 눕자 박혀 있던 검이 움직이며,

"크악!"

더 큰 상처를 만들어 낸다. 동시에 그의 비명을 함께 만들어 낸다. 과히 보기 좋은 광경은 아니었다.

타악.

그 광경을 차분히 살피며 운현은 몸을 더 날렸다. 검을 날린 것만큼이나 빠르게 그에게 당도한다. 이럴 거면 대체 왜 검을 날리고 봤나 싶을 정도로 빠른 몸놀림이었다.

"잡았다!"

괴악한 방식이지만, 확실하게 적의 발목을 잡아내는 데 성공한 운현은 철두철미했다.

'확실히 해야 한다.'

뒤에서 피를 게워내는 자로부터 들을 것도 많았으나, 그

이전에 눈앞에 있는 자들도 확실하게 처리해야 함을 그는 제대로 알았다.

조금이라도 방심했다가는, 자살이라도 해서 꼬리를 자르는 자들이 바로 그가 상대하고 있는 암화라는 자들이었으니까!

푸욱. 푹. 푹.

그렇기에 운현은 가차 없이 혈을 짚었다.

"크아아아악!"

상대의 고통은 전혀 생각지도 않고서, 마혈에서부터 아혈에 이르기까지 아주 제대로 찔렀다! 순식간에 제압당한다.

나머지도 마찬가지. 해준이 뒤늦게서야 혈을 점해 고통을 경감시키고 운현 몰래 도망치려 해 보지만 운현은 그마저도 허락지 않았다.

그가 소림 내에서 어찌 움직이든, 이미 독 안에 든 쥐나 다름없지만 아주 확실하게 처리를 했다.

푸욱.

혈을 점함으로써! 어설피 승복을 입은 자와 같이 제대로 점한다.

"크으……."

신음을 참음으로써 마지막 자존심이나 챙겨 보려고 하지만, 이미 늦은 일이었다. 폐를 꿰뚫리며 고통스러워하는 것으로 그가 챙길 자존심은 이미 없었다.

그에게 있는 선택권이라고는 그저 제압당해서 굼벵이처럼 뒹구는 수뿐이었다.

'좋아.'

운현은 둘을 제대로 제압했음을 느꼈다. 허나 쉴 틈은 없었다. 허락되지도 않았다. 그는 바로 몸을 날려 움직였다.

피를 게워 움직이다 힘이 다 빠졌는지, 이제는 발악도 하지 않고.

"헤엑……."

괴성에 가까운 숨을 내쉬고 있는 자를 향해서였다.

* * *

대라신선이 와도 살리지 못할 정도의 수준은 아니었다. 그래도 상태는 심각했다.

'내장이 상했어.'

얼핏 보아도 내장이 꽤 상했다. 내장 조각을 게워냈을 정도이니 더 말을 해서 뭣할까. 의원이 아니더라도 알 일이다.

문제는 기혈.

'심각하군.'

여럿의 뱀이 꽈리를 틀기라도 한 듯 온몸 전체에 기혈이

들끓고 있었다. 무언가 기혈을 휘저어가면서 상태를 더 안 좋게 만들고 있었다.

지금 이 순간에도!

이 상황에서 조금만 더 진행이 됐더라면 남은 것은 하나. 죽음.

다행히도 운현이 완전히 늦지 않았다.

'가능성은 있다.'

어려움은 느껴질지언정, 치료가 완전히 불가능하지만은 않은 상태였다. 이보다도 더한 상태였던 명학도 치료하는 데 성공했던 운현이지 않은가.

기껏해야 독. 그것도 당기재에 비하면 잡스러운 수준의 것을 이용해서 만든 독 따위야 운현으로선 별것도 아니었다.

"후우……."

한 번의 심호흡. 그것으로 준비를 마치고.

고오오오.

그대로 기를 끌어 올린다. 품에서 고이 모셔뒀던 침들을 꺼내들었음은 당연한 이야기였다.

'……한 번이 중요해.'

스윽.

꺼내어 든 것은 장침이었다.

다른 의원들은 주로 사용도 하지 않는 것이 장침인데, 어쩌다 보니 자주 사용하게 된 운현이었다.

푸욱.

그걸 익숙하게 박는다. 사람의 손보다도 훨씬 긴 이 장침을 이리도 잘 다루는 것은 중원 천지에 운현밖에 없을 게다.

침이 들어가자 뭔가 반응이 왔는지, 박힌 몸이 그대로 생선처럼 펄떡인다.

운현은 이조차 예상하고 있었다는 듯, 놀람 하나 없이 장침을 손으로 잘도 고정했다. 그리곤 안에 기를 그대로 불어넣었다.

전생에 유명한 내과 의사가 여러 장비를 이용해서 몸 안을 살핀다면, 지금의 운현은 장비도 아닌 기로 안을 더욱 깊이 살폈다.

기감으로도 느꼈으나, 실제로 기를 투입해서 넣어 느끼니 전보다 더 깊이 느껴짐은 당연한 이야기!

'제대로 찌르고 들어갔군. 좋아.'

전생의 의사라면 여기서 멈췄을 게다. 장비를 이용해서 몸 안을 살폈다고 하더라도, 수술이든 치료든 다른 것을 하는 건 장비를 이용해서 몸을 살피는 것과 다른 문제니까.

하지만 운현은 아니었다.

그는 환자의 상태를 느낌과 동시에 바로 치료를 병행해

들어갔다.

장침. 그것도 그의 기를 잔뜩 머금은 장침을 매개로 해서다!

이미 여러 번, 아니 수없이 해 왔던 일이기에 어려울 것은 없었다.

'좀 더…….'

오히려 전보다 더 능숙하게. 미세한 것조차도 조종을 해 가면서 안으로 더 안으로 기를 불어 넣었을 따름이다.

몸이 펄떡이는 횟수만큼 상태가 나아져 간다.

끊어진 기혈을 이어 붙인다.

산산조각 난 기혈은 그의 기운을 불어 넣어 연결시키는 것으로 대체한다.

전과 같다고는 할 수 없어도, 이리 연결시키는 것만으로도 꽤 많이 회복될 게 분명하다.

그러다 몇 년의 시간이 지나 자연 재생이 되면 기혈을 회복하는 데 성공하겠지.

문제는 단전.

'어긋났군…….'

인체의 구성 하나하나가 오묘할진대, 단전이라고 해서 오묘하지 않을 리가 없다.

그 단전의 위치가 어긋나 있었다. 그 단전을 기운을 이용하여 감싼다. 감싼 단전을 조심스럽게 이동시킨다. 본래 있었던 자리로.

"쉬우우우……."

환자가 알 수 없는 괴음을 낸다. 허나 괴음이나 편해 보이는 괴음이었다. 운현이 한 단전의 이동이 제대로 됐다는 소리다.

지금 운현이 한 치료법. 중원의 상식, 아니 무림인의 상식으로는 이해할 수 없는 괴사며, 괴이한 일이다.

그런 걸.

'미친 짓이긴 했는데…….'

운현은 잘도 해냈다.

어긋난 단전을 옮기고, 기혈을 잇고, 인공적으로 살려낸다는 것. 다른 무림인들이 안다면 눈에 불을 켜고 비법을 가르쳐달라고 할 게다.

태생적으로 부상과 기혈의 문제를 달고 사는 것이 무림인일진대, 이 방법을 알게 되면 기혈이나 부상의 문제를 쉬이 이겨낼 수 있다는 것이니까.

부상과 기혈의 문제를 쉬이 해결해 낸다는 건 다른 말로는 무공의 발전에 확실하게 보탬이 된다는 것이니!

눈에 불을 켜고서 가르쳐 달라 매달리는 것도 당연한 일이지 않겠는가.

허나 이런 모든 일이 가능한 것 자체가 운현의 선천진기, 기감, 의원의로서의 실력, 전생에서의 기억이 덕분이라는 걸 감안해 보면!

이것을 가르쳐준다는 것도 문제라면 문제다. 지금 당장 중원에서는 오직 그만이 할 수 있는 일일게다.

혹시 또 모르지.

'암화…….'

그가 상대하고 있는 암중조직. 그들에 속한 자 중, 뛰어난 자로 보이는 자는 꽤 됐다.

기문둔갑 수준은 아니더라도, 여러 가지의 말도 안 되는 종류의 기를 다루는 자들이 그들이다.

또한 진법도 수준급으로 다뤄, 공간을 속이고 조종해 내는 능력도 있는 게 그들이다.

금제, 강시를 만드는 비법, 운현의 기감을 잠시지만 속일 수 있는 비법까지. 여러 가지 비법을 가지고 있는 것을 감안하면 그들 또한 운현과 비슷한 신기를 선보일 수도 있을 거다.

문제는.

'바른 방향이 아니라는 거지.'

운현처럼 치료를 하는 방향으로 사용을 했더라면 좋았을 것을, 알 수 없는 자 그만을 위해서 움직이는 게 문제다.

암화를 만든 그자를 위해서 대의니, 명분이니 만들어 가면서 무림에서 나아가 중원 전체를 뒤흔들고 있다는 거 자체가 문제다.

어쨌거나 그런 문제가 있는 암화지만.

"일어나신 거 알고 있습니다. 눈을 뜨셔도 괜찮을 텐데요?"

"……흐……."

"당신보다 당신의 상태를 제가 더 잘 압니다."

"어쩔…… 수 없나…… 죽을 줄 알았거늘……."

"갈 때 가더라도 모든 걸 바로 잡아야겠지요?"

"……."

해준과 정체를 모를 자의 독에 당하고, 죽을 고비를 넘긴 이자로부터 얻어 낼 것이 분명 있을 거다.

운현의 말에 그가 침묵을 지킨다. 허나 그도 오래가지 못할 거다.

소림의 방장. 무적자. 암화와의 끊임없는 전투를 벌이고 있는 소림의 무승. 거기다 운현에 이르기까지.

그 모든 자들이 나서서 움직이는데 어찌 입을 안 열고 배길까. 특히나 지금 운현이 살린 이자는.

"사연은 대충 예상이 갑니다만은…… 원하시는 게 아니었겠지요?"

"……인연이 문제겠지. 그 인연을 잘라야 가르침을 얻을 수 있거늘……."

"흐. 역시 그러실 줄 알았습니다. 예상은 갔지요."

다행히도 암화에 완전히 적을 뒀다 할 수 있는 자는 아니었다. 어찌 사연이 있어 암화에 도움을 주기는 했으나 원해서는 아니었다.

또한 지금 이렇게 자신의 목숨을 버림으로써 죗값을 치르려고 했던 자이기도 했다.

그러니 다른 그 어떤 자들보다 가능성이 컸다. 정보를 얻을 가능성이!

때마침. 그럴싸하게 시간이 맞아떨어졌을까?

"운현!"

"신의님!"

운현을 대신해서 계율원의 승려들을 막아내던 일행의 목소리가 들려온다.

제갈소화, 남궁미 순으로 달려오는 그들의 눈은 꽤나 급박해 보였다. 그러다 운현이.

"여깁니다!"

손을 들어 맞이하자, 그제서야 안심이 되는 듯 표정을 푼다.

일행 중 가장 경지가 높은 운현이 잘못될 리는 없겠지만, 혹여나 싶어 걱정을 했던 것이 분명하다. 그런 운현이 무사히 잘 있으니 표정이 풀린 것이고.

그 뒤로 서둘러서 달려오는 그녀들을 어쩔 수 없다는 표정으로 따라오는 당기재와 명학이 있었다.

무적자는 어쩐 일인지 모습을 보이지 않았다. 덕분에 이번에는 운현이 궁금증이 치밀어 올랐다.

“어르신은 어찌되었습니까?”

설혹 일이 잘못된 걸까? 걱정이 스민다. 다행히도.

“남은 일을 해결하시느라 오지 못하시는 게지.”

명학이 명쾌한 답을 주었다.

“다행이로군요.”

“어찌 저들이 이곳에서 일을 일으킨다고 하더라도 소림의 내부 아니더냐. 크게는 일을 못 일으키겠지. 안 그렇더냐?”

“그도 그렇겠군요. 다행입니다.”

“그런데 저들은?”

이번에는 운현이 답하는 차례였던가. 다들 궁금증을 한아름 매달고서는 운현의 입술만을 바라본다.

해준. 정체를 알 수 없는 자. 그의 품에 있던 환자.

이 셋에 대한 궁금증을 풀고 싶은 것이 분명하다. 일이 잘 해결됐음에 없던 장난기라도 돌았던 것인가.

운현이 빙긋 웃으며 대답을 한다.

“이제부터 알아봐야 하지 않겠습니까. 알아볼 것이 산더미기도하고요.”

“거참…… 알겠다.”

“가보죠. 이 안에서 알 일들은 아닌 듯하니.”

“좋다.”

죽이려는 자 하나를 살렸다. 저들이 없애려는 정보를 하나 얻은 것이나 다름없는 셈이다.

그러니 이제부터는 그것을 토대로 또 움직여야 할 터.

다행히도 성과를 얻었음인지 운현과 일행의 움직임이 가벼웠다.

第十章
좋은 성과

"킬킬! 내분이냐!"

뇌옥에 있으면서 미친 건지, 아니면 잡히기 전부터 미친 건지 모를 자들의 말을 들으며 모두가 뇌옥을 나오자.

"허허 왔는가?"

무적자가 다른 무승들과 함께 해방과 해담을 포박하여 일행을 기다리고 있었다.

한바탕 제대로 벌인 듯 온몸에 초췌함이 가득했다. 거기에 얼굴엔 한 움큼의 걱정까지 녹아 있었다.

내부에 있는 이를 잡았다는 건 좋은 일이겠으나, 내부에 적이 있으니 그만큼 걱정스런 일이기도 할 게다.

아직 모든 게 밝혀지진 않았지만, 내부에 첩자가 있다는 건 보통 심각한 사안이 아니니까.

이해는 가는 모습이었다.

그걸 알기에 운현은 경거망동치 않고 조심스레 무적자에게 다가갔다.

걱정이 한 움큼인 와중에서도 무적자는 자신의 할 일은 잊지 않았다.

"처리는?"

"보시는 바대로. 이자는 아십니까?"

운현이 승복이 어색한 자를 지목했다. 자신의 기감을 피했던 자를. 어쩐 일인지 지금은 기감을 숨기기는커녕 남김없이 드러내고 있는 자기도 했다.

무적자가 혹여나 자신이 아는 이일까 싶어 그를 유심히 보았다. 허나.

"……전혀. 적어도 나는 모르는 자네. 다들 이자가 누군지 아는 자 있는가?"

무적자가 다른 승려들을 가리킨다. 혹여나 아는 이가 있을까 하여. 그러나 결과는.

"없습니다."

"초면이라고밖에는…… 어찌 들어왔는지도 모르겠군요."

"허허."

예상한 대로다. 땅에서 솟아나듯 모습을 드러냈는지, 알고 있는 자가 없었다.

"알아볼 것이 많아졌군."

"그렇게 된 듯합니다."

무적자의 말대로 알아볼 것이 많아졌다.

* * *

"이미 정신 차린 걸 알고 있네만?"

"……."

"흐음……."

퍼어억.

어마어마한 타격음. 인정사정없었다. 굳이 그리해야 할 필요가 없음에도 무적자는 기선을 잡고 시작해야겠다고 여긴 건지, 한 방을 먹였다.

"크억."

"역시나인가? 쓸데없는 짓을……."

"커억…… 컥."

소림의 승려가 할 만한 일이라고 생각키 힘든 일이었지만 효과는 굉장했다.

맞은 이가 숨도 쉬기 힘든 듯 격한 숨을 내뱉지만 그조차도 무정한 눈으로 보는 무적자였다.

"괜찮은 상태지 않은가?"

"그렇습니다. 애써 치료를 해 놓았으니까요."

운현도 같은 눈으로 그를 평한다.

"역시."

"다른 이들과 다르게 기가 불안정하기는 하지만 그것 또한 알아봐야 할 일이겠지요."

"숨어든 놈이, 숨기는 것도 많군. 너무 많아."

"이 정도쯤 돼야 소림에도 숨어드는 거겠지요."

"그래. 어디 한번 알아보자고."

꾸욱.

지금 상황에서 가장 극악하다 할 수 있는 혈을 툭하고 찌른다. 그 결과는 참혹했다.

"크아아악!"

애써 정신을 차렸다가, 다시금 뒤집어지려 한다. 기절을 하고도 남을 만큼의 고통이 계속해서 혈을 중심으로 전해져 온다.

그렇다 해서 기절을 할 수도 없었다.

투욱. 툭.

옆에서 가만 지켜보던 운현이 기절도 허락지 않았다. 새로이 혈을 짚어 버렸다.

이 상황에서 정신이 또렷해지게 만들었다. 기절도 못 하고, 더 고통을 느끼도록. 또한 그나마 남아 있던 의지를 꺾도록!

"크읏…… 크……."

"이제 좀 대화할 상황이 된 거 같군. 시작해 보지."

좀 더 본격적으로 알아내기 시작한다.

* * *

왕적상.

성은 특별할 거 없는 그의 삶은, 그를 만나고부터 시작이 됐단다.

"재능이 있구나."

그 한 마디로 시작된 수련. 선택권은 없었으나 그도 만족을 했었단다.

아무것도 없는 소작농의 자식으로 사는 것보다는 뭐라도 하나 배워 얻는 것이 낫다는 걸, 알 만한 머리를 가졌으니까.

남들보다 영특한 그로서는 그 정도 계산쯤은 쉬웠다. 또한 그 영특함을 가졌기에, 선택을 받은 것일지도 모르고.

그렇게 시작된 수련은 꽤나 고됐지만, 그만큼 힘이 주어졌다.

그가 익히게 된 무공은 일반적인 무공과는 미묘하게 달랐지만, 또한 완전히 다른 것은 아니기에 이상함도 느끼지 않고 익혔단다.

그게 시작.

그 뒤로 이어진 상황은 다른 이들과 비슷했다.

어느 순간부터 금제가 걸렸단다. 하지만 특이하게도 왕적상 그는 금제로부터 반쯤 자유로웠다던가.

이 특이한 무공을 익히다 보면 금제가 약해졌다는데, 자세한 것은 그도 모른다던가.

'특이하군.'

그 사실을 알게 된 운현으로서도 특이하다고 느끼기는 했지만, 아쉽게도 달리 연구를 할 시간은 없었다. 그저 특이하다고 넘어갈 수밖에는.

어쨌든 그런 특이성을 가진 그는 그 뒤로 다른 암화에 속한 이들이 그랬던 것처럼 조직을 위해 충성을 했단다.

이 부분은 다른 이들과 같았다.

허나 다른 점이 있다면, 이자는 강시를 만들기 위해서 시체를 수급한다든가 하는 일 따위는 하지 않았다.

그 대신에. 충격적인 일을 했더랬다. 사람이라면 하지 말아야 할 일을 했단다.

"시켰으니 했을 뿐이다."

"그걸 하느니 차라리 죽고 말지!"

"……어쩔 수 없었다."

"헛소리!"

그 정도가 너무 심하여, 이야기를 듣던 이들로서는 구역질이 날 정도였다.

'금수. 아니 금수도 못 되지. 금수라도 이런 일은 안 할 거다. 어느 정도 눈치는 챘었다만…….'

전에 잡았던 중사. 그로부터 들었던 것은 많았다. 그들이 먹었다는 특이한 환단. 핏빛의 그것. 그것이 뭔가 이상함은 눈치를 챘었다. 아니, 예상은 했다가 정확한 표현이겠지.

하지만 예상을 하는 것과 실제로 알게 되는 것은 다른 이야기.

그런 이야기를 들어 버렸다.

수련을 하다가 죽어간 자들. 도중에 제대로 수련을 받지 못하는 자들.

그런 자들이 어딘가에 쓰였다고 말했었다. 암화에서 하는 여러 일의 희생양으로 쓰였다던가. 암살을 위한 도구로 쓰이기도 하고.

그도 아니면, 죽었다고 들었었다. 어떻게 죽었는지는 말하지 않았다. 그건 중사도 모르는 사실인 듯했다.

헌데 그것이 인외의 일이나 다름없는 일이었을 줄이야.

"……그걸 사람을 고아 만들었다고? 너희에게 사형제라 할 수 있는 이들을?"

"사형제는 무슨! 같은 것을 배우지도 않았는데! 거기다 거절을 했다면 내가 죽었다. 내가 죽었다고!"

"그래도!"

"사람이 다른 사람을 위해서 죽는다는 것. 그게 쉬울 것 같더냐? 시키니 할 수밖에 없지 않더냐? 안 그런가?"

"……미쳤군."

"처음이 어려웠을 뿐이다. 처음이!"

"하…… 완전히 돌아버렸군. 처음부터 그런 자는 아닌 듯하였는데…… 어찌."

왕적상. 그의 말대로 다른 사람을 위해서 희생을 할 수 있는 이가 얼마나 될까.

그래도 해야 할 일이 있고 하지 말아야 할 일이 있다.

그의 말대로 사형제까지는 아니더라도, 같은 조직에 속한 자들이지 않은가.

그런 이들을 조직의 일을 따라잡지 못한다고 죽이는 것도 모자라, 죽어서까지 농락을 할 줄이야!

'강시도 마찬가지지만…… 이건 그 이상이군.'

그들을 이용해서 환단을 만들어 낼 줄은 상상도 못 했다.

그리고 그 제작법도, 제작 과정도 기상천외하기 그지없었다. 인간이 할 도리는 못 된다는 것도 마찬가지였다.

들으면 들을수록 구역질이 날 만한 이야기였다.

하지만 하나의 궁금증은 완전히 해결할 수 있었다.

"그래서 강할 수 있었던 거로군?"

"그걸 먹은 자들은 대번에 강해지곤 했지. 뭔지도 모르고, 그저 상인 줄 알고 먹어대는 꼴이 우습기 그지없었지만!"

"……미친놈들."

그들이 나이에 비해서 강했던 것. 어디서 얻었는지 모를 영약을 그리도 많이 먹어댔던 것. 이제 전부 이해할 수 있는 바였다.

인외적인 방식으로 얻었었던 게다.

차라리 영약이라면, 약초꾼들이 산을 뒤져 가면서 얻어야 하니 한참을 걸렸겠지만, 인간은 아니다.

한없이 귀하면서도 흔한 것이 인간이지 않은가.

그런 인간을 재료로 삼았다라. 비정하고, 말도 안 되는 방법이지만 효율적인 방법이었을지도 모른다.

거기다 환단의 재료가 된 자들은, 환단을 먹을 자들과 같은 내공심법을 익힌 자들이지 않은가.

말도 안 되는 소리일지도 모르지만 재료로서는 최상의 재료였을지도 모른다.

같은 내공 심법을 익힌 덕분으로, 그들의 몸에 깃든 기운 또한 비슷할 게 훤했으니까.

분명 효율만 보면 나쁘지 않다.

단지 인간이 하지 말아야 할 일을 했을 뿐이다.

그런 짓을 한 주제에 왕적상은 잘도.

"다시 말하지만 선택권이 없었을 뿐이다!"

"닥치라고 했다!"

핑계를 대지만, 그 핑계가 그의 면죄부가 되지는 못했다.

"크아아악!"

되레 화만 돋울 뿐이었다. 무적자로서는 화를 참지 못하고, 다시금 혈을 찔러 고통을 줬을 정도다.

"그 외에는 또 뭐가 있지?"

그 밖에도 많은 것들을 들었다.

또한 이번에 소림까지 들어와서 그가 하려던 일. 굳이 죽이려고 했던 이유. 또한 앞으로 하려 했던 일들도 전부 들을 수 있었다.

머리는 똑똑해도, 의외로 의지는 박약했던 왕적상은 어쩌면 지금까지 잡은 자들 중에서는 가장 쉬이 모든 것을 불어 댔다.

"흐음……."

"……알 수 없는 놈이군."

이야기를 들어 보면 왕적상이 암화에서 맡은 역할은 꽤 중임인 터.

허나 하는 짓거리를 보면 이런 자를 어찌 암화에서는 중역으로 썼는지 알 수가 없을 노릇일 정도였다.

'……충성심이라 할 수 있는 게 가장 없군.'

누군가는 알 수 없는 대의라는 것을 부르짖으면서 목숨까지 버리는데, 이자는 전혀 그러지가 않았다.

삐뚤어졌을지언정, 지사처럼 목숨을 버려서까지 숭고함을 지켜오던 자들과는 완전히 대비되는 모습이었다.

운현으로서는 암화의 생각지도 못한 허술한 일면을 본 것과도 같은 느낌이었다.

'작은 틈인가. 어쩌면 큰 틈일 수도 있고.'

그렇진 않겠지만, 이런 자들이 암화에 많다면 의외로 암화와의 싸움이 쉬워질 수도 있는 느낌이었다.

쉽게 불어버린 것치고는 그가 불어낸 내용은 생각보다 대단했다.

그리고 그 내용은.

"찢어져야겠군요. 갈 곳이 많으니."

"그래야겠군."

"계획대로 움직이도록 하지요. 부족한 부분은……."

"개인의 역량으로 메꿔야 하겠지. 흘흘. 별호답게 또 움직여야겠구먼. 오래도록 보고 싶었는데 아쉽게 되었어.”

“저야말로 그렇게 되었습니다.”

“우리는 안 보이는가? 우리도 꽤 아쉬울 터인데?”

무적자와 운현의 대화에 갑작스레 끼어드는 사준도였다. 그의 표정에는 약간의 장난기가 어려 있었다. 진심으로 운현을 비난할 생각은 없는 듯했다.

“안 보이겠습니까. 하핫. 덕분에 많은 것들을 배웠습니다.”

“이쪽이야말로…… 여러 가지로 배웠지. 정말로 아쉽게 되었어.”

“인연이 닿으면 또 뵐 수 있겠지요.”

“정말 그러길 바랄 수밖에. 덕분에 많은 걸 얻었네. 생각지도 못한 방향으로 가게 됐고.”

“그러게 말입니다.”

사우. 정확히 사준도를 필두로 해서 움직이고 있는 현재의 사우는 운현과 더 이상 같이하지 못하게 됐다.

사이가 틀어져서는 아니었다. 서로의 필요에 의해서였다. 계획에 변화가 있기 때문.

운현과 따로 움직이게 된 소림. 그 소림을 바깥에서 이끌고 있는 무적자가 요청을 해 왔다. 같이 움직여 달라는 요청이었다.

사우의 재간을 인정한 셈이다. 사우로서는 생각지도 못한 기회였다.

운현도 운현 나름 움직이기는 하지만 이 일 이후에는 황녀부터 구한다 하지 않았나.

사우로서는 자신들과 멀기만 한 황족에 관련된 일보다는 당장 자신들의 친우였던 신이검의 복수가 먼저였다.

그런 의미에서 보면 소림과 움직이는 것이 최대의 기회랄 수밖에 없지 않은가.

그렇기에 그들은 같이 움직이자는 무적자의 요청을 받아들였다.

아주 흔쾌히!

인연이 얽히고 얽혀서 소림과 사우가 움직이게 되는 기이한 인연이 만들어지게 된 셈.

사우가 몸이 둘이 아니니 자연스레 일행과 떨어질 수밖에 없게 됐다.

'좋은 일이지.'

운현으로서는 아쉽긴 하나 사우는 무적자와 함께 움직이는 것이 나았다.

무적자는 사우로부터 추적에서부터 시작하여 여러 재주를 빌릴 것이고, 소림은 암화를 제압함으로써 신이검의 복수를 도울 수 있을 거다.

서로에게 좋은 일이었다. 그러니 운현으로서도 말릴 수 없었다. 그는 그대로 움직일 수밖에.

그래도 일행은 함께 남았으니 문제가 없지 않은가. 모든 것이 원래대로 돌아왔을 따름이다.

"먼저 가네. 객보다 먼저 가게 되는군."

"저희도 곧 따라갈 겁니다."

"좋네! 언제고 웃으며 보지!"

무적자를 필두로 사우, 그들을 따라가는 소림의 무승들이 움직이기 시작한다.

내부의 일 때문일까.

사실 왕적상을 심문하는 것을 제외하고도, 해준과 해담에 이어 십계승에 이르기까지 소림의 문제는 복잡했다.

평소라면 운현이 나서서 해결하겠으나, 이는 소림 내부의 일이기도 한 터.

"믿어보게나."

자신을 믿어 달라는 소림의 방장에게 많은 부분들을 일임하고서 나온 상황이었다.

어쨌거나 내부의 문제로 소림은 충격이 큰 듯했다.

이번에 크게 움직이는 것이 그 증거다. 수 명도 아니고 한 번에 수십이 움직이지 않는가.

그것도 다들 최소가 일류다. 그중에는 절정도 다수 섞여 있었다. 무공도 이때를 대비하여 같은 계열을 익힌 듯 움직이는 형태도 비슷했다.

'진법이겠지.'

소림에서 자랑하는 여러 진법들을 익힌 게 분명하다.

보이는 기세도 비슷하며 경지도 비슷했다. 간간이 흘리는 그들의 진지함은 경지를 넘어선 그 어떤 기백까지 보여줄 정도였다.

수십의 인원으로 백팔나한진까지는 무리. 그렇다 하더라도 그를 축소한 소나한진 정도는 사용할 수 있을 거다.

말이 백팔나한진이지, 소나한진이라고 하더라도 무림의 어지간한 중소문파 하나는 쓸어버릴 수 있다.

그걸 감안하면 지금 나오는 전력은 눈에 보이는 것만으로도 이미 어마어마했다.

그런 전력을 소림은 꺼내든 거다.

이미 암화를 상대키 위해서 하남성 바깥에 나와 있는 무적자와 같은 소림의 무승들. 그들의 영향을 받을 여러 속가제자와 인연이 닿은 자들까지 합하면 굉장한 전력이다.

여기에 무승을 또 더한 셈이니, 이 수십의 인원은 소림으로서도 최대한의 전력을 낸 것이라 할 수 있는 셈이다.

그만큼 소림이 이번 일로 놀랐으며, 또한 그 충격에 바삐 움직이기 시작했다는 걸 보여주는 일면이다.

그걸 가만 바라보는 운현으로서는.

'좋다 해야 하나.'

나름 감회가 새로울 수밖에 없었다.

외롭다 할 수 있는 이 싸움에서 무림의 태산북두라 할 수 있는 소림이 힘을 보탠 것이었으니까.

일행도 마찬가지인지.

"……."

"화아."

모두 아무런 말도 않은 채로 감탄만을 할 뿐이었다.

그런 그들의 감탄을 깨는 것은 운현이 됐다.

"가지요. 저희도 한참 움직여야 하지 않겠습니까."

"아!"

"그래야죠. 꽤 먼 길이 될 테니, 서두릅시다."

들어올 때는 아홉이, 나갈 때는 다섯이 되어서 나가게 됐다.

第十一章
기세 상승

무적자가 이끌고 있는 소림의 무승들은 멀리 나가게 됐다. 사우와 함께.

대신 운현이 이끄는 자들은 그들이 가는 곳보다는 상대적으로 가까운 곳을 가게 됐다.

소림 측에서 배려를 한 것이 분명하다. 자신들이 더 멀고 험한 길을 갈 생각일 게다.

운현은 그것을 받아들였고, 그들이 가는 방향은 하남성의 북쪽이 됐다. 공교롭게도 황녀가 있는 곳과 가까운 곳이다.

"여기군."

"가깝긴 하군요. 들어가 봅시다."

눈앞에 보이는 것들은 빽빽한 초목. 그 가운데에서 사이사이 자리를 지키고 있는 가옥 몇 채가 보인다.

화전민까지는 아니더라도, 이곳을 근거지로 삼아서 생계를 꾸리는 자들의 영역이 분명하다.

역병이 스쳐 지나간 지 얼마 되지 않았는데도, 가옥 곳곳에서 불을 때는 듯 연기가 올라오는 것을 보면 용케 역병을 피한 게 분명하다.

운이 좋았거나.

'어떤 이유가 있었겠지.'

다른 무엇이 있어 역병을 피했을지도 모른다. 운현으로서도 자세한 것은 아직 알 수 없다. 알아볼 생각도 없었다.

보통 이런 곳에서 생활하는 자들은.

'외부인에 대한 경계심이 크지.'

경계심을 떠나 자신들 내부에 속한 자라고 일단 판단이 되면, 어지간한 일이 아니고서야 보호한다는 명목 하에 아무런 정보도 주지 않는다.

얼마 안 되는 사람끼리 서로를 보호하는 것. 약간은 삐뚤어졌을지 몰라도 그들로서는 그게 살아가는 방법이다.

그걸 바꿀 수도, 바꿀 생각도 없는 운현이기에 이곳 가옥에 다가가지는 않은 운현이다. 그 대신.

"움직여 보죠. 이상한 낌새가 나오면 바로 신호하는 겁니다.”

가옥에 있는 자들이 외부인이 왔다는 것을 눈치채지 못하도록 조심스레 움직였을 뿐이다.

* * *

명학과 남궁미, 당기재와 제갈소화가 둘씩 움직이게 됐다. 운현만 따로였다.

“……으음.”

그녀들로서는 운현과 움직이고 싶어 했으나, 달리 도리가 있겠는가. 현재로서는 이 방법이 가장 효율적이라는 것을 그녀들 정도라면 충분히 알고도 남았다.

그렇기에 아쉬워했을지언정, 고집을 부리는 쪽은 없었다.

덕분에 오랜만에 홀로 움직이게 된 운현이다.

아무렇게나 움직이는 것은 아니었다. 몇몇 개의 가옥을 중심으로 이번에 소림에서 얻은 정보를 결합한다. 그것들을 바탕으로 꾸준히 움직여 나갔을 뿐이다.

“음?”

과연 이번에 얻은 정보가 많아서일까. 아니면 운이 좋아서? 어느 쪽이든 상관은 없었다.

운현의 기감에 걸리는 것이 있었다.

아주 작지만, 착각이라고 하기에는 큰 그런 기가 느껴졌다. 인기척이랄 수도 있는 것이었다.

그리고 그 인기척은.

'눈치를 챘어?'

운현을 눈치채기라도 한 듯, 빠르게 움직이기 시작했다.

그로선 놀랄 노릇이었다. 어떤 일이 있든 자신의 기감으로 먼저 눈치를 챘으면 챘지, 이렇게 상대가 먼저 눈치를 챈 것은 드물었으니까!

상대에게도 운이 작용했거나, 경계를 위해서 주변을 살피고 있었던 것이 분명하다. 그렇기에 금방 눈치를 채고 움직이는 걸 거다.

'어쩌나?'

이대로면 애써 잡은 상대가 사라질 수 있다. 시간이 없었다. 덕분에 일행을 부를 신호를 날릴 시간이 없다.

소를 탐하다 대를 잃을 수는 없지 않은가.

신호를 보낼 시간이 없다 해서 애써 잡은 인기척을 그냥 보낼 수도 없는 일이었다. 그가 암화에 관련된 자라면 특히!

'어쩔 수 없지.'

미리 약속된 표식을 급히 남기고 운현은 그대로 인기척을 따라 움직이기 시작했다.

*　　*　　*

'빠르다.'

운현은 초행. 그자는 이곳이 익숙하겠지만, 빨라도 너무 빨랐다.

경공을 집중적으로 익혔거나, 생각보다 높은 경지에 있는 것이 분명하다.

잡을 듯하면 멀어지고, 놓칠 듯하면 어찌 거리를 운현이 따라잡고 있었다.

잡힐 듯 잡히지 않는 속도였다.

'으음…….'

미묘한 기시감이 느껴지기는 했지만, 애써 잡은 인기척을 놓칠 수는 없었다. 따라가는 것 외에 달리 수가 없다는 소리다.

운현이 계속해서 속도를 높였다.

상대에 익숙해져 갔다. 익숙해져 가는 만큼 조금씩이지만 상대를 따라잡기 시작한 운현이었다. 거리가 점차 좁혀져 간다.

따라가다 보니 암화를 상대하면서 점차 익숙해져 가는 것이 보인다.

'동굴? 확실하다.'

어둡지만 운현의 눈에는 충분히 보였다. 동굴이다. 그로선 익숙할 수밖에 없는 장소다.

암화. 이들은 마치 동굴에 특화라도 된 듯, 동굴을 주로 그들의 장소로 사용했다.

은신처든, 강시를 생산키 위한 장소든 뭐든 간에 대부분이 동굴이었다. 그에 관련된 진법도 가지각색이었던 그들이 아닌가.

이쯤 되면 거의 확실했다.

확신을 더해 주려는 듯, 상대는 동굴을 안으로 빠르게 들어가기 시작했다.

'여기서 잡는다.'

운현도 속도를 더하기 시작했다.

몸을 완전히 드러냈다. 목적지에 거의 다 왔다 여겼기에, 기척을 드러내는 데 거리낌도 없었다.

'이쯤에 하나.'

마지막으로 표식을 하나 빠르게 새기며 동시에, 속도를 더했다. 기운을 크게 일으키기 시작했다. 상대가 보이기 시작한다.

암행복은 아니었다. 초라해 보일 정도의 옷을 입고 있었다. 여태까지 상대한 암화와는 다른 행색이었다.

그래도 단 하나의 흔적이 그가 암화에 속한 자임을 아까부터 알려주고 있었다.

기운이 익숙했다!

'좋아.'

거리가 좁혀진다. 십오 장. 십 장. 오 장. 삼 장. 상대가 눈에 보이기 시작했다……

"흐엇!"

상대도 당황을 했는지 헛숨을 들이켠다.

속도를 더 높였다. 이쯤이면 어차피 목적지다. 잡는다. 잡으면 된다. 뒤는 그 후에 생각해도 좋았다.

눈앞의 이자부터 잡고, 신호를 보내든 정보를 뜯어내든 하면 될 일이다. 아니 정보를 뜯어낼 필요도 없다. 거의 다 알고 왔다.

호북에 있는 자들로서는 이곳이 거의 본진이나 다름없는 곳 중 하나니 말이다.

소림승들이 간 곳도 중요하지만 이곳도 중요하다.

그러니 여길 털기만 해도 나오는 것은 많을 것이다. 그걸 위해 온 것이지 않은가.

'다 됐다.'

다 잡아간다.

오랜만에 환희에 가득 찬 운현이다. 그 환희가 생각지도 못한 걸 낳았다. 방심이랄까. 아니면 주의 부족? 어느 쪽이든 운현에게 좋지 않은 바였다.

그리고 그는 좋지 않은 결과로 나타나는 데 충분했다.

"가자!"

"뭣!?"

"같이!"

콰아아아아앙!

뒤에 있던 입구가 무너지는 소리가 난다. 어마어마한 폭음이다. 귀가 째질 듯 놀란다.

그러나 귀의 놀람보다도 운현의 놀람이 더욱 컸다.

'이런!'

어쩌면 상대는 자신을 유인한 것일 수도 있다는 생각이 드는 그였다. 하지만 이미 늦었다. 입구부터가 막히지 않았는가. 당장 나갈 구멍이 보이지 않는다.

문제는 그게 끝이 아니라는 것.

상대는 생각 이상으로 독했다.

"함께다!"

"무슨!"

이게 무슨 헛소리인가 싶은 그 상황. 그 상황에 놈은 어디서 나왔는지 모를 것을 눌렀다. 어떤 장치다. 미리 준비해 놓은 것이 분명했다.

그걸 누른 그 순간.

쿠우웅!

"크아아아아악!"

장치를 누른 그자부터 괴성을 내지르며 아래에서부터 터져 나갔다.

발. 발목. 무릎아래. 다리가 터져 나가기 시작하더니, 이내 그의 몸 전체가 그대로 폭사되어 사라졌다.

"헛!"

그 폭발이 워낙 강하여 운현에게도 타격이 올 뻔할 정도!

애써 막아내지 않았더라면 튄 파편들로 인해 적지 않은 부상을 입었을 터였다.

'대체 폭약을 어디서 구해서!'

군부에서나 사용할 폭약을, 적은 양도 아니고 상당한 양을 터트릴 줄이야!

대체 이 많은 양을 어디서 구했는지 궁금했지만, 운현으로서는 당장 상관할 수 없는 문제였다.

그 문제보다도 더욱 큰 것이 눈앞에 닥쳐왔으니까.

동굴이 점차 무너지기 시작했다. 어찌 설계를 한 것인지 몰해도 뒤에서부터 차곡차곡 무너져 내려오는 장면은 괴기스럽기 이전에 공포스러울 정도였다.

마치 자연재해처럼!

'못 볼 꼴 다 보는군.'

전생에서는 한 번이라도 겪어 보기 힘들 일을, 현생에서는 왜 이리도 많이 겪는 것인지 알 수가 없는 노릇이다!

그래도 어쩌겠는가. 살려면 달려야지.

"흡!"

흩어졌던 호흡을 잡는다. 내력을 사지백해에 퍼트린다. 특히 다리에! 그대로 달린다! 뒤에서부터 떨어져 내려오는 것들을 피해서!

*　　*　　*

"후욱…… 후……."

살았다. 재해나 다름없는 그 틈바구니 안에서 살아남는 데 성공했다. 살아남은 거야 좋다. 하지만 문제는 그 이후.

"일단은 갇혀버렸군."

입구가 하나뿐이라면, 그대로 갇힌 게 분명하다. 자신의 눈으로 입구가 무너지는 걸 봤으니 이보다 확실한 증거가 어디 있겠는가.

본래부터 암화가 기괴한 것은 알았지만 자살까지 감수하면서 이런 짓을 벌일 줄은 상상도 못 했다.

"어쩐다……."

생각이 복잡해진다.

저들도 자신이 이번 폭발로 죽을 거라곤 생각하지 않을 터.

암굴이 막혔다지만, 밖에 있는 일행과 여러 사람을 동원하여 시간만 들이면 뚫을 수 있을 것을 그들 암화도 알 것이다.

그런데도 이곳 동굴을 폭발시키면서까지 일을 벌였다는 건.

'일차적으론 시간을 벌겠다는 거겠지.'

운현을 감옥이 돼 버린 이곳에 가둬 시간을 벌겠다는 목적이 명백히 보였다.

'우선 나 홀로 있는 상황이니…….'

그리고 그 번 시간을 이용해서 운현을 죽이려고 하겠지.

이 동굴 안에도 폭발 사이에 그들이 준비해 놓은 함정이 있을 거다. 뻔히 보이는 수다.

문제는.

"외통수란 말이지."

뻔히 보이는 수라고 하지만, 운현으로서는 달리 수가 없다는 게 문제였다.

저들이 원하는 대로 움직여 줄 수밖에 없었다. 일단은.

"가보자."

화아아악—

품에 두었던 화섭자를 꺼내 기어이 불을 붙이고서는 움직이기 시작하는 운현이었다.

* * *

"역시…… 힘부터 빼자는 건가."

시작부터 총력을 다할 생각은 없는 듯했다. 폭발을 통해 번 시간으로 운현의 힘을 잔뜩 빼려고 하는 의도가 훤히 보였다.

"하나는 다행인가."

암화. 그들의 계산이 틀린 듯했다.

폭발 속에서 진법을 형성하고 있어야 할 것들이 무너졌다. 본래라면 운현을 가두는 데 일조를 해야 할 것이 확실히 파훼되어 있었다.

폭발 속에서 흔들린 것이 분명하다. 여기까진 저들도 생각하지 못했을 거다.

남은 문제는 하나. 기관이다.

진법과 같이 상승효과를 만들어냈을 기관은 무너지지 않았다. 무슨 수작을 부린 건지 몰라도,

"튼튼하게도 만들었군. 의방도 이렇게 지었어야 할 정도인데……."

그 폭발 속에서도 용케 많은 것들이 살아남았다. 하나도 부서지지 않은 건 아닌데, 아주 일부만 부서졌다.

그래도 덕분에 운현으로서는.

"흐음…… 저런 식인 건가."

부서진 것들을 통해서 함정이 어찌 설치되고 어떤 식으로 돌아가는지 정도는 파악을 할 수 있었다.

그렇게 얻어낸 정보를 바탕으로 운현은.

"놈들에게 당해 주기만 할 이유는 없지."

상대의 수를 피해 나갈 수를 만들어내기 시작했다.

* * *

굳이 맞서 싸워줄 필요가 있겠는가. 피할 수 있다면 피해야 한다. 힘을 보존해야 한다. 그걸 위해 운현은 바로 움직였다.

퍼서서석.

"좋아. 먹힌다."

그가 만약을 대비해서 배워 놓은 것들. 흔히 잡기라 불리는 것들 중 하나. 토행공이 제대로 먹혀들었다.

바위든 작은 돌덩이든 땅에 관련된 어지간한 것들은 전부 진흙처럼 만들 수 있는 것이 토행공 아니던가.

흔히 잡술이라 말하지만, 이런 경우에 있어서는 어지간한 상승 무공을 뛰어넘는 것이 토행공이다!

"흡……."

퍼석. 퍼서서석.

지금도 눈앞에서 굴을 형성하는 돌덩이가 마른 흙처럼 부서져버리지 않는가.

'좋아. 좋아.'

안 그래도 다른 내공보다 우위에 있는 선천전기를 써서인지, 괴악할 정도로 빠른 속도로 흙이 무너져 내려간다.

그긍—

그런 토행공의 위력을 버티다 못한 벽이 무너지기도 할 정도!

"으차! 조심!"

이렇게 흙을 무너트려서 운현이 얻을 수 있는 이득은.

쉬아아아악—

"발동됐군!"

본래라면 운현을 노렸어야 할 기관들을 무력화시킬 수 있다는 거였다!

흙을 파서 방향을 전환시키기도 하고, 아예 뒤에서부터 기관을 노려서 파훼를 시켜버릴 수 있었다.

그도 아니면 훅하고 돌아서, 기관 자체를 피해 버린다.

본래라면 시도조차 해 볼 수 없는 일이다.

이곳에 만들어진 기관. 그 하나, 하나가 기관을 만들어냈을 장인의 치밀한 계산을 통해서 만들어 냈을 것이니까!

하나를 피하면 또 하나가. 아니면 둘이!

운현의 목을 노리고 들어왔을 기관들이 단 하나도 제대로 발동이 되지 못한다.

잡술이랄 수 있는 토행공 하나를 익혔음에! 기관에 대한 지식은 얕다 할 수 있는 운현이 기관들의 골짜기를 피해버리는 것이다!

"헛!"

슈아아악!

설혹 실수를 해서 기관이 운현을 노린다 하더라도 상관은 없었다.

퍼억.

잊었는가? 운현은 무인이다. 그것도 토행공과 같은 잡술을 익힌 것은 당연하고, 표사들이 익혔던 많은 무공들도 익혀냈던 무인!

비록 하나를 제대로 통달하여, 최고수에까지 도달하지는 못했어도 실전에 쓸 만큼 익히는 데는 성공했던 그 아니던가!

그런 실전에 먹히는 무공에는 외공도 포함이 되어 있었다!

약재까지 써서 만들었던 외공이!

그렇기에 애써 기관이 발동한다고 하더라도, 운현의 재간에 위력이 약화된다. 그 약화된 것이 운현의 몸에 애써 닿아 보아야.

"따끔……한데."

타격은커녕 따끔함을 주는 것으로 끝이 난다.

토행공을 이용해서 구 할 이상을 피하고, 애써 운현을 우연찮게 맞춘다고 하더라도 타격을 주기 힘든 상황!

토행공으로 인해서 사용되는 내공은 잡기라 할 수 있는 수준만큼 아주 적은 수준!

그나마 사용한 내공조차도.

"슬슬 챙길 때가 됐지."

남은 백곡단 꺼내듯, 가볍게 운현이 꺼내어든 품에 있던 환약 하나. 알싸한 향을 풍기면서, 심상찮은 기운을 자랑하는 단약을 꿀꺽 삼킴으로써 회복된다.

화아아악.

그가 가볍게 흡수한 것이 다름 아닌 영약이기 때문!

절세의 영약 수준은 아니더라도, 신의라 불리는 그가 만듦으로서 이미 저잣거리에 돌아다니는 수준은 훨씬 뛰어넘은 영약이다.

그런 영약을.

"이럴 때일수록 만반의 준비를 해야 돼. 아낄 이유가 없지."

만반의 준비를 다하기 위해서 망설임도 없이 씹어 삼켜버리니, 내공이 소모가 되려야 될 수가 있겠는가!

"……으음. 좋군."

어려서부터 흡수했던 영약을 일각도 되지 않아서 흡수해낸다. 그러고나자 그 내공이.

'올라갔다. 좋아.'

이 갑자가 넘어가는 지금의 내공에 비할 바는 안 되지만, 총량이 올라간다.

절세의 것은 아니더라도 영약은 영약이기에, 비록 효율은 낮을지라도 티끌 이상은 운현의 내공으로 화하게 되는 것이다!

'이런 방식도 좋군. 자주 사용해야 할지도.'

운현의 초심. 효율적이며, 남들이 사용하지도 못하는 방식으로 내력을 끌어올리고 경지를 올리게 했던 그 초심이 다시 발동된 것이다!

혼자 있음으로써! 일행과 떨어져 있기에, 이를 계기로 잃었던 초심을 찾은 걸지도 몰랐다!

일행이 생긴 후로는 조금은 무림인의 방식에 물들어 가던 운현이, 전생의 방식을 찾을 수 있게 된 것이다.

조금이지만. 함정을 통과하면 할수록 되레 내력은 늘어가고 있는 운현.

만반의 준비를 다해 가고 있는 운현이, 앞으로 앞으로 나아가고 있었다. 적들이 똬리를 틀고 운현의 목 줄기를 노리고 있어야 할 곳으로!

그들이 애써 만들어 낸 함정이,

"으차. 또 피했군."

제대로 작동도 하지 못하고 있으며, 되레 자신의 방식을 잃어가던 운현을 각성시키는 계기가 되고 있는 상황에서!

第十二章
뒤의 뒤를 노리다

죽음을 각오했다고 해서, 긴장감이 사라지는 건 아니다.

없던 참을성이 생기는 것도 아니다. 되레 더 조급해진다. 죽겠다는 자신의 결심이 사라지기 전에 어서 일을 해결하고 싶어서 오는 조급증이다.

여기에 있는 자들 모두 그러했다.

암굴 안에 숨겨진 건물들. 그 사이사이에 숨어 있는 자들은 모두 죽음을 각오한 자들이었다.

운현이 소림에 들어간 것을 알게 되고. 그 뒤로 소림이 대대적으로 움직이게 된 것을 아는 순간 암화에 있는 자들이라고 해서 멍청하게 지켜만 보고 있었던 것은 아니다.

이왕 죽을 것 아니 죽기로 되어 있는 것, 최대한 많은 피해라도 주고 죽고자 했다.

계획에 없었던 소림은 본대라 할 수 있는 자들에게 맡기고, 그들은 본래부터 맡기로 한 자들을 막기로 했다. 아니 정확히는 하나를 맡기로 했다.

그게 바로 운현.

그들에게 있어서 씹어 삼켜도 모자랄 만한 운현을 정확히 노렸다.

분명 세 시진도 더 전에 폭음이 일었다.

간간이 기관들이 작동하는 것도 들었다. 그게 수가 꽤 됐다. 그렇다면 이제 슬슬 이곳을 지나쳐야 할 시간이었다.

기관과 진법에 의해서 타격을 받고, 잔뜩 힘이 빠졌을 운현이 이곳에 왔어야 할 시간이 됐다 이것이다.

그런데.

"언제 오는가."

"알 수가 없지. 제대로 전달을 할 자가 있는 것도 아니니까."

"사람을 몇 빼야 했어."

"뺄 사람이 어디 있나. 많이 당했잖나. 이것도 거의 최소의 인원이지."

"크흐…… 어쩌다 이렇게까지."

실제 그들이 동원할 수 있는 인원은 적어도 너무 적었다.

역병을 퍼트리고 호남을 뒤흔들 때까지만 하더라도, 넘쳐났던 인원들. 여유가 있던 자들 중 다수가 당했다.

그나마 있던 자들도 일부는 피해를 적게 하기 위해서 몸을 피하고, 남은 자들은 꼬리를 자를 희생양으로 선택된 자들이지 않은가.

인원이 많은 게 더 이상한 상황이었다. 이만큼 동원한 게 그들로선 최선이다.

"어쩔 수 없는 일 아닌가. 버티고 또 버티면…… 한 명이라도 같이…… 음?"

스윽.

묘한 인기척이 느껴졌다. 아주 작은 인기척.

'착각인가?'

야생동물의 인기척인가? 아니, 여기에 야생동물이 있을 리가!

"누구! 억!"

퍼어억.

이상하다는 걸 깨닫고 움직일 틈도 없었다. 반항할 새도 없이 그대로 들어오는 타격이 있었다.

일 수. 오로지 단 일 수에 그대로 몸을 뉘인다.

같이 담소를 나누던 자로서도 당황을 할 만큼 깔끔한 한 수!

"넌!"

"……."

문답무용. 이 상황에서까지 와서 상대를 확인할 필요나 있겠는가.

운현은 바로 손을 썼다. 상대가 운현을 상대키 위해 검을 뽑기도 이전에 둘의 거리는 고작해야 한 보.

검이 반쯤 뽑힐 때쯤. 반 보. 훅하고 들어가는 운현의 손.

상대의 검이 삼분지 이가 뽑힐 즈음. 빠르게 발도하여 쾌검이라도 날리려는 그 찰나. 상대가 한 수를 날리기도 전에 운현의 손이 먼저 닿았다!

비기를 날린 것도, 일초에 격을 심은 것도 아니었다.

단순한 뻗음.

퍼어어억.

하지만 단순한 뻗음에도 일류를 뛰어넘는 깊이가 이미 담겨 있었다.

"억……!"

그게 마지막. 순식간에 둘이나 되는 인원이 무릎을 꿇었다.

운현의 움직임은 거기서 끝나지 않았다. 이미 쓰러져 있는 그자들을 향해서 사이좋게 한 방씩을 박아 넣었다. 다름 아닌 단전을 향해서!

인정사정없이 틀어박힌다. 무림인에게 있어서 최대 급소라 할 수 있는 단전이 무방비로 공격당한다면 그 결과는 뻔하지 않은가.

"……컥."

기절해 있는 상황에서도 느껴질 만큼의 거대한 격통.

그와 동시에 순식간에 사라지기 시작하는 상대의 내공. 주변의 자연지기로 흩어지기 시작한 내공은, 그 자체로 경이로울 정도였다.

운현은 그런 일을 잘도 두 사람에게 선사해 주었다. 그것으로도 모자라 확실함을 더하려는 건지.

"하나씩이면 충분하겠지."

품에서 미리 준비했던 작은 침들을 꺼내든다. 암기 대용이 되기도 하고, 급할 경우에는 여러 환자를 치료키 위해 가진 작은 세침이었다.

슉—

그것이 단전의 부근에 정확히 꽂혔다.

내공이 흩어지는 속도가 빨라졌다. 순간적으로 나이라도 먹는 듯 그들의 몸에서 생기가 빠져나간다.

단련된 몸을 가졌는데, 느껴지는 기색으로는 보통의 양민보다도 못한 기세로 변했다.

운현이 수를 쓴 덕분이다.

"못해도 이틀. 최대 사흘인가."

운현의 조치다. 죽이지는 않는 대신, 이들은 혼몽한 상태로 있어야 했다.

정신을 차리는 것은 불가. 설사 우연히 정신을 차린다 하더라도, 이들에게 남은 거라곤 절망밖에 더 있겠는가.

내공을 잃고도 좋아할 무인은 죽은 무인뿐이다.

"……."

그들을 스윽 바라보고는 운현은 다시금 이동을 시작했다.

정보는 얻지 않느냐고? 지금 상황에서 그럴 것이 있겠는가. 이미 상대는 칼을 들이밀었고, 이곳은 일단 본진이나 다름없는 곳이다.

본진에 도달하지 못했다면 모를까. 이 상황에 와서까지 정보전이고 뭐고 할 게 없었다.

그저 상대를 쓸어버리는 것만이 남았을 뿐이다.

운현은 그에 충실할 뿐이고.

'……가자.'

그 어느 때보다 냉정하게. 또한 그 어느 때보다 확실하게 운현이 굳건한 의지로 움직이기 시작했다.

*　　*　　*

하루가 더 지났다.

그 하루가 이들에게는 공포가 됐다.

이들 작전의 요체는 단순했다.

기관과 진법으로 운현을 약화시킨다. 약화된 운현을 지속적인 기습으로 갉아 먹어 차륜전을 벌인다. 그리고 마지막은 그 끝에서 준비를 하고 있을 그들의 스승이 마무리를 한다.

단순하지만 그만큼 효과적인 방법이었다.

그런데 운현은 처음부터 끝까지 그들의 수대로 움직여주지 않았다.

애써 가보니 기관은 뭣 하나 제대로 작동하지 못하고 무용지물이 된 상태.

그들을 지켜준다 할 수 있었던 것. 암화가 그 누구보다 자신 있어 하는 진법은 아예 작동도 하지 못하고 파괴되어 있었다.

혹여나 폭발 속에서 운현을 죽일 수 있을까 생각하여, 최대한 폭약을 밀어 넣었는데 그게 실책이 될 줄이야!

자신들의 손으로 진법을 부순 것은 그 무엇보다 치명적인 일이 됐다.

그래도 이미 일은 벌어져 최대한 노력을 했건만.

"남은 사람은?"

"우리가 다다. 이 이상은……. 여태 신호를 보냈는데 한 명도 안 오지 않았나."

"……하."

모두가 운현의 손에 당했다.

여기 있는 자들은 고작해야 열 정도. 못해도 사십 명이 넘는 인원을 동원했는데 사분지 삼은 그대로 운현의 손에 사라졌다는 뜻이었다.

운현에게 타격을 주기는커녕 반항도 하지 못하고!

운현이 온 지 반나절쯤 지나서는, 둘씩 모여 있던 걸 셋씩 모여서 반항했으나 그조차도 아무 소용이 없었다.

해서 뒤늦게 남은 이들을 모았으나 그 수가 열이라고 하니 아득한 절망감이 암화들의 머리에 깊게 박혀든다.

'가망이 있는가.'

새로이 함정을 팔 때까지만 하더라도 그들을 끈질기도록 괴롭히던 운현과 한바탕 벌이고 장렬히 사망할 줄 알았거늘!

한바탕의 헛된 꿈이 됐을 뿐이다.

이제는,

'후퇴를 했어야 했나. 차라리 따로 흩어져서 도망치는 게 더 나은 결과였을지도.'

꼬리를 끊기는커녕, 실패를 하고 그 무엇 하나 제대로 이뤄내지 못했음에 절망스럽기만 할 뿐이다.

역병을 흩뿌리고, 강시를 하남에 풀어 소림부터 흔들고 그 뒤에 있을 무림맹과 중원 그 자체를 휘두른다는 작전은.

'실행조차 되지 못했다.'

허황된 것으로 끝이 났을 따름이다.

처음 시행을 할 때 있던 자신감조차 사라진 지 오래. 그때의 자신감의 일 할만큼이라도 성공을 했더라면 상황이 이리 되지는 않았을 거다.

아니 역병이 없어졌을 때, 그 이후라도 처신을 잘했더라면 또 모른다. 아쉽다. 억울하다.

'다 허무한 일이지.'

하지만 그런 모든 감정은 이제 와서는 아무런 소용이 없는 것이 됐다.

"후우……."

허무함에 한숨을 내쉬어 본다. 그리고 그 한숨이.

"……컥."

마지막 숨이 될 줄은 그도 생각지 못했다. 절정. 환약으로 억지로 끌어 올린 거라지만, 내공으로 잔뜩 끌어 올린 경지는 이렇게 허무하게 갈 경지가 아니었다.

하지만 결국 그 모든 발악은 소용이 없게 됐다. 들이밀어진 살수에 허무하게 숨이 끊어져 버린다.

'어쩔 수 없게 됐군.'

살수의 주인은 당연하게도 운현이었다.

제압하면 좋겠으나, 한 번에 모여 있는 상황에서 자비를 베풀 수는 없는 상황이었다.

자비를 베풀다 자신이 죽을 수 있는 상황이다. 기감을 이용하여 상대보다 먼저 다가가 암습의 묘를 살렸지만, 지금 상황에서는 확실한 무리다.

그러니 살수를 날릴 수밖에.

하나를 처리하자마자 바로 다음을 노린다. 자신을 바라보는 수많은 눈빛 중에서 가장 가까운 자를 찾는다.

있다. 당황한 눈을 하고 있는 자가 분명 있다.

'이자다.'

어쩐지 순박한 눈을 하고 있지만, 이자 또한 암화에 속한 자다. 운현을 죽이기 위해서 살기를 가다듬고 있는 자다.

푸우욱—

세침이 박혀든다. 어느샌가 세침을 암기처럼 날려버렸다. 그대로 심장을 관통한다. 그 소리는 운현에게만 들릴 정도로 작았다.

작은 세침. 박히는 소리조차도 작다지만 결과는 크다.

"큿……."

따끔함. 그리고 이어지는 건 뚫려버린 심장에서 오는 격통. 심장이 꿰뚫리는데 고통이 없을 수 없다. 멈추기 직전이다.

“노오오옴!”

내공. 암화에 속한 자 특유의 많은 내공을 이용해서 겨우 버틴다. 버팀을 움직임으로 승화한다. 그 승화된 움직임으로 운현에게 달려들지만.

푸욱—

냉혹한 눈빛으로 운현은 재차 가느다란 세침을 날렸다. 발에 박혀버린다. 정확히는 혈을 노려 박았다.

의원이라면 보물처럼 아껴야 할 세침이지만, 혼자 남아 최대한 효율적으로 적을 상대하는 운현에게는 좋은 도구일 뿐이다.

그 세침 또한 효과는 컸다.

“컷…….”

왼발이 의지를 따르지 못한다. 멈춰버린다. 발이 엉킨다. 추태를 보이며 그대로 무너져 내려버린다.

기운이 엉켜버린다. 심장에 박힌 세침에 더 저항하지 못한다. 눈이 뒤집히며 그대로 숨을 놓아 버린다.

기감으로만 확인할 뿐. 운현은 쓰러지는 그에게 시선조차 두지 않았다. 그 대신.

“다음.”

“새끼가!”

다음 인물을 상대하기 시작했다.

어느새 뽑아든 검으로 검을 마주한다.

검끼리 부딪친다. 차앙하는 부딪침의 소리는 나지 않는다. 대신 서걱하며 검이 베어지고, 검을 쥐고 있던 팔이 그대로 썰리는 소리가 난다.

“흣…….”

검강이다. 뽑아듦과 동시에 검강을 발출한 거다. 실로 쾌검의 고수에 비교될 만큼 어마어마한 속도!

알려진 것보다도 더욱 높은 경지로 운현은 상대를 벴다.

“죽자!”

상대도 만만치 않았다.

남은 한쪽 팔로, 검도 없이 내공을 태우며 운현에게 달려든다.

모든 걸 걸고 달려든다. 진신진기까지 태운다. 독기를 보여준다. 하지만 그 독기도 결국은 헛된 몸부림.

서걱—

어깻죽지를 벤 운현의 검이 그대로 심장까지 도달한다. 심장이 반으로 갈라진다. 세침이 박힌 것보다도 더 큰 결과다.

버틸 수 있을 리가 없다.

푸확!

피가 튄다. 피의 대부분이 앞에 자리한 운현에게로 튄다.

순간적으로 시야가 흐려진다.

그래도 상대가 확실히 죽었음을 깨달았다.

툭하고 밀어내며, 자신에게 기대어 오는 시체가 되어버린 사내를 밀어낸다.

"다음."

냉담한 눈빛으로 적들을 압살하기 시작하는 운현이었다.

그런 그에게로 어느샌가 합격진을 짠 적들이 달려들기 시작한다.

좌. 우. 정면. 뒤. 사방을 점하고 노리고 들어온다. 빈 곳이라고는 오직 하나, 위.

위로 피한다?

운현은 그럴 생각이 없었다. 압살할 수 있을 자들을 상대로 피하는 것 자체가 비효율적이다.

'여기서 꺾는다.'

하나씩 하나씩 상대하려고 했던 것이 운현이 생각한 원래 계획이었다.

하지만 어차피 저들은 다 모여 있다. 그렇다면, 확실하게 압살을 하는 것도 방법이다.

'합격진을 꺾는다.'

예봉을 확실히 꺾는다. 기를 죽인다. 겨우 세운 사기를 없애버린다. 그 뒤 남게 될 것은 적의 죽음.

그 모든 계획을 행동에 옮기기 위해 움직인다.

"타핫!"

"……죽어라! 놈!"

쏘아지는 적들을 바라보며 그 다음을 그린다. 미래를 본다.

정면을 베어버리며 왼쪽을 동시에 꺾는다. 검강을 발출하며 뒤에 있는 자들을 찔러버린다. 시체째로 베어버리며 남은 오른쪽에 있는 자의 팔을 꺾는다.

막힐까? 안 되면 다른 수단을 꺼내면 될 뿐이다.

그가 움직인다!

* * *

얼마나 지났을까? 알 수 없다. 적의 공격 방식을 예상하고, 그 예상 그대로 움직여가며 적을 압살해 가기 위해서는 어마어마한 집중력이 필요했다.

시간을 잴 시간에, 상대의 초식을 계산하는 것이 더 나았다.

그렇기에 시간을 잴 여유 따위는 없었다. 그저 적을 압살해 갈 뿐.

철저하게 적을 무너트려가다 보니 남은 것은 어느덧 하나.

이곳에 있던 자들 중에서 가장 강하다고 할 수 있는 자 하나뿐이었다.

하나 남은 그자도 자신에게 승산은 없음을 알았다.

기운은 넘쳐나고, 경지는 더욱 높으며, 방심조차 하지 않는 운현을 이길 방법은 아쉽게도 그에게 일 할, 일 푼, 일 리의 확률조차도 없었다.

운현은 승부가 정해졌음에도 승리가 주는 기분조차 만끽하지 않았다.

정심을 유지하며 검을 휘둘러 갔다.

상대의 수단을 하나씩 막아갔다. 검이 휘둘러져 갈 때마다 초식을 읽어갔다. 상대가 쌓아 온 경지를 무너트려 갔다. 그러다 종래에는. 마지막.

"이 뒤는…… 큿."

"마지막이 되겠지. 너희들의."

마지막 흔적이라도 남기고 싶은 것인지, 말을 남기려는 그 자에게 운현은 검을 들이밀었다.

푸우우욱.

한 사람의 숨이 사라진다. 완전히 마모된다.

'다음 생이 있다면…… 아니 있을 테니, 잘 살길.'

마지막. 운현의 작은 웅얼거림과 함께 상대의 몸이 땅에 뉘여진다.

한이 많은 건지, 충성심이 높은 건지 마지막에까지 애를 먹이던 자의 끝치고는 허무한 모습이었다.

"후우……."

주변이 완전히 무너져 내렸다.

'남은 건…….'

남은 내공은 반 정도. 운현의 기운이 나이를 뛰어넘은 걸 감안하면 꽤 큰 소모도다.

문제는 내공이 아닌 심력. 단번에 사람 몇을 상대하고 저승으로 보낸다고 하는 것은 심력의 소모도가 상당할 수밖에 없다.

자신이 전생을 함으로써, 죽음 뒤 다음 생이 있다고 생각하는 운현이지만 살인에 미쳐버린 미치광이는 아니었다.

"안 오나."

다행히도 상대는, 지금 지쳐버린 운현을 노리고 오지 않는 듯했다.

남은 자가 하나 더 있을 것을 아는데도, 그는 자신의 자리를 지키며 똬리를 틀고 있는 듯하다.

어쩌면 이 정도 수준에서 운현이 정리될 거라 여겼을지도 모른다. 온갖 함정을 다 파놨었으니까. 마지막에까지 과한 자신감을 보이는 걸지도 몰랐다.

운현으로서는 다행이었다.

"잠시면 된다."

아주 잠시라도 휴식을 할 시간을 벌 수 있었으니까.

마지막 결전을 치를 곳에 가기 전에 마지막으로 숨을 추슬러 보는 운현이었다.

* * *

'이 정도면 됐나.'

몸이 회복됐다. 최상은 아니더라도 좋은 편. 이 정도면 결전을 벌이기에 부족함이 없다 여겼다.

'곧 끝이다.'

마지막이라 생각하며 움직이기 시작했다. 자신을 기다리고 있을 상대. 어쩌면 이곳에서는 최종의 상대가 될 자를 찾으러.

그게 방심을 낳은 걸까?

"……헛."

마지막의 마지막. 진법. 기관. 암습. 그 모든 것을 끝내고 순식간에 안으로 들어가려던 찰나. 스아악—

생각지도 못한 곳에서 기관이 발동했다.

순식간에 다가드는 암기의 세례!

발동한 기관은 딱 이곳 하나였다. 정확하게 상대의 방심을 노리듯이. 다른 곳에서는 존재치도 않던 암기가 목적지에 거의 다다라서야 있을 줄이야.

뒤늦게 움직인 운현의 머리 위로 암기들이 스쳐 지나간다. 몇몇 개는 옷깃을 스쳐 지나가 베인 자국을 만들었을 정도다.

"……위험할 뻔했다. 후."

아주 피해가 없는 것은 아닌지라 옷깃을 스쳐 지나간 아래로 있는 피부가 몇 곳 베였다.

상대도 고작해야 피부가 조금 벤 것으로 이득을 봤다고 생각하지는 않을 거다. 이 정도 함정에 운현이 죽는 건 삼류무사가 일류를 쓰러트리는 것보다 확률이 낮았다.

하지만 이들이 준비한 수는 이거 하나가 아니었다. 함정 아래에 다른 함정이 있었다.

뒤이어 무언가가 느껴진다. 알싸한 느낌이 온다.

머리가 순간적으로 아래로 처박히는 듯했다. 몸이 실제로 처박힌 게 아니다. 느낌이 그리 온 거다. 이런 느낌은 익숙하면서도 익숙지 않다.

'독이다.'

아주 제대로 된 독이었다.

'역병과…… 비슷하며 다르군.'

여러 가지 독을 혼합해서 만들었던 것이 역병. 중원의 방식이 아닌 그들 나름의 방식으로 만들었던 게 역병이다.

그게 다인 줄 알았건만. 그들은 역병뿐 아니라 다른 것에도 그들의 방식으로 독을 혼합하여 새로운 독을 만들어낼 줄 아는 듯했다.

"……큿."

내공의 양으로라도 어지간한 독은 쉽게 이겨낼 운현으로서도 당황스러울 정도로 강력한 독이다. 하지만.

'……버틸 수 있다.'

고통스러운 와중에서도 운현은 독을 이겨낼 수 있다는 자신이 들었다. 해낼 수 있다는 느낌이랄까.

지금까지의 경험. 경지. 내력.

삼박자를 바탕으로 완전히 독을 이겨낼 수 있을 거라고 봤다. 확실히 시간만 주어진다면!

독이 크게 번지기도 전에 눈치부터 챈 것이 주요했다.

아주 조금의 시간이라도, 반의 반 각이라도 주어진다면 적들이 애써 준비했을 이 함정을 생각보다 쉬이 깨부술 수 있다 여겼다.

"……."

버텨나간다. 독을 이겨나간다. 안에 깊게 침투한 것은 태우고, 아직 깊이 침투하지 못한 것은 바깥으로 밀어낸다.

할 수 있는 기의 요령은 전부 사용해 나간다. 빠르게 처리를 할 생각으로! 독만 이겨내면 된다는 생각으로!

이 정도쯤이야, 금세 파훼하고 어서 끝을 내려고 했건만 적들은 운현에게 그럴 시간을 더 줄 생각이 없는 듯했다.

*　　*　　*

운현이 독을 다 몰아낼 때쯤. 십 할의 독 중 일 할도 남지 않았을 그때!

'조금이면 된다.'

방심으로 낳은 문제를, 그동안의 노력으로 해결할 수 있다 여겼는데! 상대가 자신보다 빨랐다. 단 한 보의 차이지만 그 한 보가 큰 문제를 낳았다.

"찾았구나. 아해야. 클클."

중후하다기보다는 경박한 목소리였다.

나이는 많으나, 나이만큼 인품을 갖추지는 못한 듯한 목소리였다. 걸걸하며, 또한 경박한 듯했다.

운현으로서는 익숙지 않은 목소리다.

맹세코 처음 듣는 목소리랄 수밖에 없다. 하지만 상대가 누구일지는 보지 않아도 알았다.

적이다.

'제길!'

마지막 남은 적. 이제 하나만 처리하면 된다고 여겼던 적. 마지막 남아 있어야 할 적의 목소리다.

그가 노리는 바는 명백했다.

"놈!"

그와 함께 살기가 움직인다. 공기가 매섭게 찢어진다. 상황은 명백했다. 적이 공격하고 들어오는 거다. 아주 확실하게! 운현의 빈틈을 노리고서!

어찌해야 하는가? 이 또한 답은 정해져 있지 않은가.

"큿……."

아직 다 처리를 하지 못해 몸이 정상이 아님에도 운현은 눈을 떴다. 뜰 수밖에 없었다. 대응을 해야 했으니까!

第十三章
최악(最惡)!

몸이 정상적이지 못하다. 언제든 원하는 대로 움직이던 육체가 매끄럽지 못하다.

안도 마찬가지. 기혈이 고르지 못하다. 아니 상했다. 제대로 움직이는 느낌이 들지 않는다.

도도하게 흐르는 강물 같았던 기혈이, 곳곳이 둑으로 막혀버린 느낌이다. 마치 무공을 익히던 초기, 기혈을 제대로 확장하지 못했을 때와 같다.

어쩌면 그 이상일지도 몰랐다.

차라리 그때는 아이였으니까. 학대를 받는다 생각이 들 만큼 강제적으로 무공 수련을 했을지언정 기혈이 막힐 나이는 아니었다.

그때에 비하면 지금은.

'정말 최악이군.'

상태가 좋지 못하다.

심리적으로 고민하고, 검을 매끄럽게 휘두르지 못한 적은 있어도 이런 몸으로 싸워본 적은 없었다.

쓰아아악—

그럼에도 대응한다.

무공에서 상수는 피하는 것. 중수는 흘리는 것. 하수는 막는 것이라 했다.

서로가 부딪치면 피륙으로 이뤄진 육신이 망가질 수도 있기에, 어떻게든 손해를 입을 수밖에 없기에 더욱 그러했다.

금강불괴가 되지 않는 한 피륙은 인간의 것으로 한계가 있는데, 그에 실린 내기는 보통이 넘으니 막는 게 하수나 하는 일이 되는 거다.

고수로서 하수를 상대하거나 압박을 넣을 때에야 때로 상대의 초식을 무식하게 막기도 하지만 지금은 아니다.

현재 운현의 상태는 최악. 여기서 상대의 공격을 막았다가 안 그래도 상한 기혈에 또 피해가 생기면 그때는 답이 없다. 그렇기에.

'피한다.'

다른 수단은 생각도 않았다. 피한다.

문제는 상대도 그걸 읽었다.

"죽어라!"

본래는 그도 운현과의 부딪침을 피하려고 했을 터.

피륙끼리 부딪치면 기혈이 상하는 건 그도 마찬가지기에 보통 때라면 그도 운현과의 직접적인 부딪침은 피했을 거다.

피하고 흘리고, 어쩔 수 없는 상황에서나 막고. 그러다 최고의 한 수를 먹일 수 있을 때쯤! 그때 한 수를 제대로 날리는 것이 고수들의 대결.

그렇기에 고수들의 대결이 격렬한 것이고, 또한 한 끗도 아닌 단 반 끗의 차이에 일수로 승패가 갈리는 것이 아닌가.

하지만 지금은 상황이 달랐다.

대결의 본질, 무인과 무인의 부딪침이라고 하는 것은 결국 서로가 가진 초식을 가지고 겨뤄 상대에게는 손해를 입히고, 자신은 이득을 얻어 승리를 하는 것에 있지 않은가!

지금의 운현에게 피하는 것이 이득이라면, 독에 당한 운현을 노리고 온 이자는 운현과 부딪치는 것이 이득이었다!

운현과 그가 직접적으로 부딪쳐 서로의 기혈이 상한다면 운현이 그보다 훨씬 더 많이 상하게 될 테니까!

그렇기에 그가 무리를 하면서까지 부딪쳐 왔다!

"……큿."

상대가 무리까지 해 오지만 운현은 정상적이지 않은 상태.

'제대로군.'

상대는 상황을 읽고 제대로 움직이고 있다. 직접적으로 부딪쳐 오려 하며, 대결에서 이득을 얻어 승리하려 하고 있었다.

"이것도 피해 봐라!"

파앙. 팡.

장력을 날리는 건 기본. 때론 그 장력의 바로 뒤에 육편으로 된 주먹을 연속으로 날려 한 번에 여러 번의 수를 사용한다.

초식을 섞기도 하고, 표홀하니 날래게 몸을 놀려 몸 그 자체를 부딪쳐 오려고도 한다.

초절정임이 분명한 그는, 굳이 초식이 아니라고 하더라도 몸의 형(形)에 초식의 묘를 살리기 시작하는 경지였다.

정해진 초식으로 무공을 날리면 더욱 강력할 것이 분명하나, 정해진 초식이 아니더라도 가벼워 보이는 몸짓, 발짓, 손짓 하나에 위력이 실렸다는 말이다!

그렇기에 그의 공격 하나 하나가 예사롭지 않았다.

쓰앙!

연속적인 공격, 그러면서도 불규칙적으로 날리는 공격은 애써 다잡고 있는 운현의 호흡마저 깨부술 기세였다.

'……후아.'

운현으로서는 호흡을 가다듬으며 피하는 것을 겨우겨우 하는 실정.

절정까지 갈 것도 없이, 삼류 무사가 보더라도 현재의 세는 운현이 밀리고 있다는 걸 알 정도다.

"크흐흐."

자신이 승기를 잡았음을 아는지 미소 지으며 달려드는 상대를 보면 배알이 꼴릴 지경이었다.

'어쩌다 이리됐는지.'

정말 어쩌다 이리됐는지 운현으로서는 가늠도 못 할 지경이었다.

한 번의 방심! 그 순간! 촌각도 안 되는 그 순간이!

이렇게 목숨을 위태롭게 하는 상황이 될 줄이야!

답답하고, 후회스러우나 이미 일어난 상황이기에 어찌할 수가 없었다. 몸으로 끊임없이 대응을 하며 생각해야 했다.

끊임없이 날려대는 공격. 괴악한 힘. 핏빛 혈기를 내뿜으며 달려들고 있는 저자의 맥을 끊어야 했다.

공방의 흐름을 자신의 것으로 가져와야 했다.

방심을 만들고, 운현의 목숨을 노리고 있는 상대의 노림수를 깨부숴야 했다.

그리고 그를 넘어 부숴야 했다. 그것이 작금의 운현에게 주어진 일인 터!

'생각하자.'

이 상황을 벗어날 방법을 생각해 내야 했다!

*　　*　　*

궁리한다!

이 상황을 벗어나기 위해서.

'피해서만은 안 돼.'

피한다는 행위 하나만으로는 안 됐다.

그럼 부딪칠까? 그 또한 안 된다. 부딪치면 자신이 손해다. 그건 처음부터 정해져 있었다.

그럼 흘려내나? 그 또한 아까부터 피함과 함께 하고 있었다. 어떻게든 해내고 있지만 이 또한 지금 상황에 상수는 아니었다.

그럼 어찌해야 하나?

막고, 피하고, 흘리는 것 그 뭣 하나 이 상황을 타개할 상황이 되지 않는데!

"어디까지 피하려고!"

기혈이 상해 있는 한! 상대가 그 상황을 알고 노려오는 한 세 가지 수는 상수가 되지 않는다.

차라리.

'원인을 없애야 한다.'

근본 원인을 없애야 한다. 기혈을 보듬어야 한다. 아니면 상대의 기혈을 상하게 해야 한다. 상승의 초식으로 상대를 압살하거나 해야 한다.

여러 가지 생각이 운현의 머리 안을 휘젓는다. 끊임없이 머리로 궁리한다. 이 상황을 타개할 방법을!

* * *

선택한다!

그건 일종의 도박과도 같은 짓이었다. 또한 한 번에 여러 가지 수를 사용하는 무지막지한 일이 될 수밖에 없었다.

'될까?'

방법을 결정한 운현으로서도 될까 싶을 정도. 하지만.

"크흐흐. 노옴!"

상대가 기세를 돋우며 달려드니 달리 다른 수는 생각지 않았다. 더 생각할 틈도 없다는 말이 정확하리라.

발길질 하나. 손짓 하나. 장력 하나에 살기가 가득 담겨 있는데, 언제 또 다른 수를 강구하겠는가!

'미친 짓일지라도!'

살기 위해서 그 수단을 사용한다.

*　　　*　　　*

여러 수단을 마련했다 했다. 하나는.

"미친놈! 그리 우스워 보였더냐!"

품에서 세침을 꺼내어드는 것. 동시에 암기처럼 세침을 날려댄 운현이었다. 당가의 고수는 아닌 운현이기에 쏘아 보낸 암기의 위력은 매섭지 않았다.

운현보다 하수를 상대하기에는 충분히 매서울지 몰라도, 비슷한 경지에 있는 자를 상대할 만큼 강하지는 못했다!

자신을 우습게봤다 여겼는지 상대는 더욱 열을 올리며, 세침을 쳐댈 정도!

"독이냐!"

"……."

하지만 운현으로서도 고작 세침을 날리는 것으로 상수가 될 거라고는 여기지 않았다. 세침을 급히 날린 건 하수(下手)였다.

독 또한 바르지도 않았다. 운현이 노리는 바는 그런 것이 아니었다. 세침을 날리고, 상대가 세침을 견제하는 동안 얻은 시간. 그 촌각의 시간이 중요했다.

촌각. 아주 짧은 그 시간 동안.

'찾았다.'

세침 옆에 자리하던 걸 꺼내 든다. 환약이다.

까득. 까득.

환약을 둘러싼 종이를 깔 틈도 없이 그대로 삼킨다. 그렇게 여러 개를 삼킨다. 약효가 줄어들 수 있으나 촌각에 할 수 있는 것은 그게 최선.

자신이 만들고, 어떤 효용을 가진 것인지 알기에 할 수 있는 촌각의 계산!

화아아아악—

기운이 치고 들어온다.

"흐으……."

노도와도 같은 기운이다. 보통 사람이라면 당장 주저앉아 심법을 돌리는 데 집중해야 할 그런 기운이었다.

"미친 놈!"

상대가 운현이 미쳤다고 외칠 만한 짓이었다. 생각지도 못한 짓이었는지, 그는 운현에게 달려들 생각도 못하고 잠시 멈칫했다.

그 멈칫한 그 시간에 운현은.

'다스린다. 아니 지배한다. 그 이상으로!'

다른 생각을 했다.

어려서부터 지금까지 거의 모든 것을 걸어 왔던 만큼, 환약이라고 하는 건 운현과 떼려야 뗄 수 없는 것!

고금을 통틀어서 운현이 가장 집중해 왔던 건, 때로 '약쟁이' 라는 우스갯소리를 들을 정도로 매진해 왔던 환약이다!

운현만큼이나 환약을 먹고, 흡수하고, 제조하고, 깊이 파고든 자는 중원천지! 역사를 통틀어 어디에도 없었다!

그걸 믿는다!

환약의 기운들이 운현의 안에 달려들었다. 그걸 순간적으로 조절한다. 미친 짓일지라도!

'화기를 강화시켰던 약이다.'

그렇다면 같이 흡수한 수기를 흡수한 약으로 약간이나마 상쇄한다. 그러고도 남은 기운을 기혈로 유도한다. 기혈로 유도된 기운이 비효율적일지 몰라도!

'치유…….'

기를 치유하게끔 만든다.

오묘하고도, 복잡한 기혈이라고 하는 건 때로 약간의 기운에 상하기도 하지만 또 때로는 강맹한 기운에 의해서 확장되기도 한다. 운현은 이를 노리고 미친 짓을 벌인 것이었다.

"크흐……."

"쥐새끼 같은 놈!"

그 사이에도 상대는 운현에게 달려들기를 멈추지 않는다.

'젠장.'

아직 기운을 다 가다듬지 못한 운현으로서는 아까처럼 세련되게 상대의 공격을 피할 수가 없었다.

뒤로! 오로지 뒤로! 또 뒤로!

그대로 물러날 수밖에 없었다. 추해 보일지언정. 쥐새끼라고 조롱을 받을지언정 달리 수가 없었다.

도박이 성공할 때까지 물러나고 또 물러난다. 피하는 것 정도가 아니라 줄행랑을 친다고 봐도 무방할 정도로 물러난다.

그렇게 시간을 번다.

촌각. 촌각. 그 촌각이 더해져서 충분한 시간을 벌게끔 만든다.

체면이고 뭐고 버린다. 오직 효율로서 시간을 번다. 피하면서 만든다. 그리고 그 사이.

'이 이상으로!'

단순히 기혈이 치료되는 것이 아니라 그 이상을 본다! 만들어 낸다! 바로 이 순간에!

"쥐새끼가!!"

"……시끄럽다고!"

물러나기만 하던 운현의 기세가 일변한다!

전보다 더욱 기운이 커져 있었다. 생각지도 못한 많은 기운들이 쏟아진다. 영약에서 나온 기운이 쏟아진 게다.

"무슨!"

"……."

후우웅—.

문답무용. 그 어떤 대화도 필요 없는 상황이었다.

아까는 상대가 운현과 부딪침을 노렸다면 지금은 되레 운현이 부딪침을 노렸다. 상대가 날리는 육장을 피하지 않고 마주한 운현이었다.

콰앙!

운현의 왼손과 그의 오른손이 마주 부딪친다.

검을 뽑아들지도 않고, 그대로 손을 날리는 운현의 모습은 강대한 기운과는 별개로 위태해 보이기만 했다. 하지만.

"크……."

타격을 입은 쪽은 의외로 운현이 아닌 상대였다.

"무슨!"

운현과 그의 힘은 비등. 아니 운현의 기혈이 상했기에 그의 우세다.

임시방편으로 기혈을 치유했다고는 하나. 어디까지나 임시방편이다. 완전히 치유됐다고 할 수는 없었다. 공격을 흘린답시고 움직이다가 더 상했을 정도다.

그런데도 상대가 손해를 봤다. 생각지도 못한 힘에 완벽하게!

'됐다!'

상대가 당혹스러워 할 때, 운현은 속으로 쾌재를 불렀다. 그가 원하는 바대로 상황이 그려졌으니 그럴 수밖에!

'먹혔어.'

영약의 남은 기운. 그 기운을 흡수할 시간을 가질 수 있을 리가 없었다.

상대가 손을 끊임없이 뻗아오고, 그 와중에 영약을 삼킨 것 자체가 미친 짓인데 어찌 시간을 벌 수 있을까!

말도 안 되는 소리다! 상한 기혈을 조금이나마 보듬는 게 최선이었다.

하지만 남은 기운은? 어지간한 삼류무사를 이류무사로 능히 이끌어 줄 만한 어마어마한 영약의 내력은?

자연으로 흩트려 놓는 것도 방법이나, 그것으로는 운현은 만족할 수 없었다.

세침을 버리고. 영약을 먹는 것.

그 한 번의 행위에 목숨을 걸었다고 해도 부족함이 없을진대, 미친 짓 한 번 벌이고 고작해야 상한 기혈을 보듬는 것으로 만족하라고?

'비효율의 극치지!'

다른 이라면 몰라도, 대결 중 영약을 씹어대는 미친 짓을 벌인 운현으로서는 절대 만족을 할 수 없었다.

그렇기에 남은 것을 쏟았다.

대기가 아니라 상대에게! 한 톨도 남김없이!

영약에 내재된 기운이 자신의 것은 아닐지라도, 운현과 맞부딪친 상대의 기운도 아닌 터!

자신의 기운과 맞지 않는 것은 이종진기. 영약이라고 할지라도, 흡수하는 데 시간이 필요하다.

이종진기를 잘 흡수하면 영약이 되나, 되레 그것이 공격을 해 오면?

"……놈!"

타악.

저렇게 물러날 수밖에 없게 된다. 입으로는 개처럼 짖어대지만, 그것은 겁을 먹은 개나 하는 행동이었다.

사나운 맹수는 결코 저렇게 짖지 않는다.

힘이 있는 자는 그 힘을 휘두름을 즐기지, 저렇게 개처럼 짖으며 물러나지 않는다.

운현이 물러난다고 잔뜩 비웃었던 그 자신이 물러나는 그 모습은 처량하기 그지없을 정도였다!

한 번의 미친 짓. 그 한 번의 미친 짓에 얻은 몇 개의 이득! 그 생각지도 못한 조화가 운현에게 승기를 가져다줬다.

승부의 추가 다시 한번 기울었다!

* * *

'생겼다.'

여유가 생겼다. 승부를 결착할 기회가 생겼다. 초식을 휘두를 힘이 생겼다. 상대를 제압할 수가 쏟아져 나온다.

상대가 기습의 묘를 세워 운현에게 처절한 대결을 이끌어 냈다면, 운현은 미친 짓으로 기회를 만들어 냈다.

이제는 그 기회를.

"……늙은이. 그만 도망가지?"

"이놈이!"

누릴 때였다. 목숨을 바쳐 만든 기회인데 즐길 자격이 있는 것은 당연하지 않겠는가.

스윽.

운현의 자세가 바뀐다. 뒤가 아닌 앞을 향한 자세로 바뀐다. 몸이 앞으로 쏠린다. 언제든 튀어나갈 수 있는 사냥개처럼!

오랜 수련으로 만들어진 몸. 경지에 이른 자가 보일 수 있는 자세. 어마어마한 기운이 주는 압력. 그가 자세를 바꾸는 것만으로도 많은 것이 변했다.

"안 오면 먼저 가지!"

화악—

기운을 잔뜩 끌어올린 운현의 몸이 튀어나간다. 아니 솟구친다! 순식간에 거리가 좁혀진다. 그게 시작.

"……노오옴!"

"그놈 여기 있다. 그러니 어서 와!"

이제까지 운현이 공격을 흘리기 위해 온 힘을 다 했다면, 이제는 상대가 온 힘을 다할 차례였다.

방금 전까지만 하더라도 그를 향해 비웃음을 날리던 상대는 온데간데없이 사라졌다. 절망에 빠져버린, 아니 잠시 사이에 몇 년은 더 늙은 듯 보이는 상대만이 있을 뿐이었다.

기세가 바뀌어 상대를 사냥하듯 변한 운현은.

'잡는다. 확실하게.'

기세를 돋우고, 몸을 끊임없이 날리며 상대를 압박해 나갈 뿐이었다.

일초. 일초에 그런 그의 생각이 담겼다. 상대를 압박하다 못해 짓눌러 간다.

공기가 찢어질 때마다 상대가 물러난다.

계속해서. 뒤로. 또 뒤로.

하지만 이곳 안은 암굴이다. 아무리 그들이 암굴을 크게 키워내는 제주가 있다고 하더라도 한계는 있다.

결국에는 뒤로 물러나는 것에도 끝이 보이게 된다! 지금처럼!

"……."

어느샌가 식은땀을 흘리는 쪽은 상대가 됐다.

'잡았다.'

다 왔다. 여기까지다. 이제는 상대도 도망칠 곳이 없다. 운현은 다 잡았다고 여겼다. 분명히.

끝이다!

라고 생각하며 손을 아래로 휘젓는 운현이었다.

단순해 보이나 그 안에 담긴, 거력과 경지의 깊음은 여느 고수라도 쓰러트리기에 부족함이 없었다.

하지만 상대도 거저먹기로 운현과 비슷한 경지에 오른 것은 아니었다.

기회라고 여기는 듯, 당황스러워서 물러나는 모습만 보이던 그가 뒤를 노리는 살쾡이와 같은 날카로운 눈빛을 띠었다.

그러곤 뒤로 물러나던 몸을 순간적으로 반동을 이용해 튕기더니, 운현에게 맞부딪쳐 갔다.

"놈! 같이 죽자!"

"개소리!"

타악!

펑하는 굉음이 일어난 게 아니었다. 육장과 육장이 부딪쳐도 그 안에 담긴 거력에 의해서 굉음이 나야 할 텐데 이번엔 아니었다.

대신에 손이 부딪치는 소리만 났을 뿐이다.

상대는 거력이 담긴 운현의 내력을 받아들였다. 내부에 타격이 어마어마할 텐데도! 잘못하면 폐인이 될 텐데도 거침없이 받아들였다. 같이 죽자고 하며!

대신에 그도 운현에게 크게 한 방을 먹였다.

"큿."

이종진기. 아니면 이들이 사용한다는 혈기(血氣) 혹은 암기(暗氣). 그 특수한 기운을 운현에게 박아 넣었다. 내부로!

절체절명의 상황. 자신이 제압당할 수도 있는 그 순간에 상대가 부린 독기였으며, 최후의 발악이었다.

그 최후의 발악은 생각보다 잘 먹혀들었다.

"클…… 맛이 어떻더냐!?"

덕분인지 자신도 타격을 입어, 굳게 다물어져 있어야 할 입새로 피를 흘리는 주제에 만족스런 웃음을 흘렸다.

목표는 이루었다는 듯 보람찬 표정까지 하고서 웃는 괴이한 모습이란. 게다가 입가에 흐르는 핏줄기 덕분에 상상 이상으로 괴악했다.

"클클…… 죽자. 죽어……."

퍼억.

살이 부딪치는 소리가 난다.

누군가 때려서 나는 소리가 아니었다. 운현의 상대가 그대로 땅에 주저앉는 소리였다. 그리고 최소한의 방비도 없이 모든 힘이 다한 듯 그대로 고꾸라졌다.

그러면서도 고개를 쳐들어 시선은 끝끝내 운현을 향하고 있었다.

성격 좋은 운현이라고 하더라도 한 방 먹이고픈 모습이었으나 당장의 그는,

"……."

대답할 여력도 없었다.

'큰 한 수로군.'

이종의 진기. 안 그래도 억지로 강맹하게 돌린 탓에 무리한 것이 분명한 기혈.

그 모든 것들이 운현의 몸 안에서 날뛰며, 고삐 풀린 망아지처럼 날뛰고 있었다!

적의 말처럼 같이 죽자는 듯이!

第十四章
반 보의 차이!

상한 기혈과 날뛰는 이종진기. 소모된 진기들. 보통사람이라면 여기서 죽었을 게다. 하지만 운현은.

'어쩌면 가장 쉬울지도 모르지. 어렵긴 하지만…….'

이종의 진기를 다스리기 시작했다.

배출해 낼 것은 배출하고, 역으로 자신이 이용할 것은 이용했다.

영약의 남은 기운을 배출해 나가며 상대에게 공격을 하는데 사용하듯이, 특수하게. 그만의 비법을 사용해 갔다.

'결국 진기란 건…….'

거기서 잡힌 실마리들이 전에 역병을 치료하면서 얻었던

실마리들과 함께 운현에게 여러 가지 상(像)을 더해 준다.

필설로 형용하기 어려우나, 기를 운용함에 있어 한 단계 더 나아갈 수 있을 그런 실마리였다.

잡힐 듯 잡히지 않던 실마리가 전에 없이 또렷하게 보인다.

여기서 더. 한 걸음. 아니 반 보만 더 나아가면 또다시 새로운 경지로 도달할 그 순간. 아쉽게도.

"아……."

도달을 하려 했던 그것에 도달을 하지 못했다. 아쉽게도. 닿지 못했다.

지친 몸. 상한 기혈. 격한 대결로 부족해진 내공. 그를 방해하는 것들이 너무도 많아서 그랬을지도 모른다. 그도 아니면.

'아직 닿을 차례가 아닌 거겠지.'

준비가 부족했을지도 몰랐다. 허나 희망은 봤다.

상대의 이종진기를 자신의 몸 바깥으로 배출해 가며, 얻은 성과는 분명히 있었다. 그리고 또한 다른 성과도 분명히 있었다. 자신의 눈앞에!

"……."

그 성과는 피에 젖은 몸을 하고, 눈을 부릅뜨고서 운현을 바라보고 있었다.

믿을 수 없다는 듯이. 생각지도 못한 괴물을 봤다는 듯 몸을 부르르 떨면서 바라보고 있을 정도였다.

자신으로서는 단전이 상하는 것도 감수해 가면서 절초를 날렸는데 단번에 그걸 이겨낸 운현이었으니, 놀라는 것도 이상한 일은 아니었다.

"어, 어떻게……."

입을 달달 떨며, 믿을 수 없는 현실을 부정하려는 듯 고개까지 달달 휘저으려는 그에게 운현은 설명할 생각도 의무도 없었다. 대신에.

"다른 이야기부터 해 보지."

운현은 어느 때보다 냉혹한 목소리로 자신의 성과가 된 그에게 서릿발 같은 눈길을 보낼 뿐이었다.

상대가 죽자고 만들어 낸 함정. 그 사선을 뚫어내고서 이제 운현이 대가를 받아 낼 차례가 왔다. 아주 빠르게!

* * *

운현은 바로 움직였다. 정보를 얻어내는 것에는 이제 신물이 나 있을 정도였다.

"우선은 해 볼까."

그렇다고 안 할 수도 없는 터.

"크흣……."

"으으……."

살아남은 자들. 아니 정확히는 운현의 자비 덕에 살아남은 자들을 한데 모았다.

그 수는 꽤 됐다.

처음 운현에게 암습을 가하려고 했던 자부터, 마지막에 운현을 노리고 들어 왔던 이까지.

어찌할 수 없을 때를 제외하고는 대부분 손속에 자비를 두었으니 숫자가 꽤 되는 건 당연하다고밖에 할 수 없었다.

덜덜 떠는 자. 죽을 때까지 불지 않겠다는 듯 입을 굳게 다문 자. 허망하다는 표정을 짓고 있는 자까지.

가지각색의 인물들이 있었다.

하나같이 공통점이 있다면 운현을 원망하듯 바라보고 있다는 것.

"……."

말은 하지 않아도, 그들의 눈빛에 그리 스며 있었다.

그렇다 해서 물러날 운현도 아니지 않는가. 이들에게 자비를 베풀기에는 너무도 멀리 왔다.

특히나 강시를 만들어대며, 인외지도를 펼쳐나가는 이들에게 자비를 베풀 만큼 어설프지도 않은 그였다.

"시작해 보자."

어차피 같은 일의 반복이지 않은가. 심문이다.

이번에는 일행도, 그를 도울 자들도 없지만 운현은 바삐 몸을 움직이기 시작했다. 심문을 할 자가 그 어느 때보다 넘쳤다.

*　　*　　*

안이기에 얼마나 시간이 갔는지는 알 수 없다.

배고픔과 감으로 며칠의 시간이 지났겠거니 추측할 뿐이다. 빛이 없는 곳에서는 시간이 한없이 느리게 느껴진다고 하니 생각보다 많은 시간이 지났을 수도 있었다.

그 사이. 운현은 넘치도록 많은 자들로부터 반복적인 심문을 해냈다.

특별히 새로운 방법을 동원할 것도 없었다. 전에 사용했던 방법으로도 이들에 입을 열기는 충분했다.

문제는.

"……별거 없군."

성과가 없었다는 것. 운현이 이들로부터 얻어낼 걸 얻어내고 남긴 총평이다.

이미 많은 정보를 얻어서인지, 이들로부터 따로 얻을 만한 정보는 몇 없었다.

'아주 성과가 없지는 않긴 하지.'

그래도 머릿수가 모이니, 간간이 얻은 정보들을 모으면 새로 얻었다 할 정보도 몇몇 개는 되었다.

지금 당장은 아니더라도 언제고 쓰일 만한 것들이었다.

어쩌면 나중에 다른 이들을 동원해서 심문을 하면 더 많은 것을 얻을 수도 있을 터였다.

*　　*　　*

'그나저나 어쩐다…….'

성과를 총평하고 한참 고민을 하고 있으려니, 운현을 향해 괜한 악의를 품는 자가 있었다.

"퉷!"

마지막 적이었던 이의 헛짓이었다.

이름은 운상장.

사부라고 하는 자지만, 그의 경지는 운현과 비슷했다.

"아직도 그럴 힘이 남았나?"

"차라리 죽이라고! 어서 죽이라고 했잖나!"

"그건 나중에 할 일이지, 아직 내가 결정할 일이 아냐. 이런 길에 자신이 원해서 들어섰으면 책임은 져야지?"

이자는 특이하게도 다른 자들과 다르게, 자신이 원해서

암화에 들었다.

심문 중에 안 사실이다. 암화에 속한 대부분이 자가 자신이 원해서가 아닌, 타의에 의해 끼게 된 걸 생각하면 꽤 특이한 경우다.

“망할 놈!”

“망한 건 내가 아니고 너겠지.”

“육시랄…….”

“시끄럽다고.”

투욱.

가볍게 날린 한 방.

“읍! 으으읍!”

그 한 방에 아혈이 닫힌다. 그제서야 소란이 사라졌다. 주변이 적막해졌다.

운현에게 당하고, 내공을 잃어설까. 아니면 마지막까지 임무를 수행하는 데 성공치 못해서?

이자는 마지막에나마 독기를 부렸다.

‘신기하단 말이지.’

하지만 이미 그를 잡아낸 운현으로서는 그에게 작은 호기심만 남아 있을 뿐이었다.

이자 운상장. 나이, 아니 직급에 비해서는 너무 약했다.

생각해 보라. 지금까지 상대했던 자들 중에 운현과 비슷한 경지는 의외로 많았다.

신이검이나 적사검 같은 자는 약했을지 몰라도, 중사와 같이 무력에만 치중된 자들은 꽤 강했다. 다들 위력 또한 보통을 넘는 터였다.

굳이 하남에서가 아니더라도 자신의 폭사까지 감수하면서 운현과 제갈소화를 가두려 했던 노인을 생각하면 지금도 아찔할 정도다.

때로 운현도 운이 작용해서 이긴 적도 있을 정도였다. 강대한 적들이 많았다.

그에 비해서 이자는 사부라고 말을 하지만, 아주 강력하다 할 수 있는 자는 아니라는 느낌이었다.

운현이 강해진 것도 있겠지만, 이자는 사부라 하기에는 그 격이 떨어졌다.

분명 강하기는 했으나 그뿐. 압도적인 강력함은 보이지 못했다. 운현으로서는 그 원인을.

'환약 때문인가…….'

같은 내력을 익힌 자를 죽여 만든 환약으로 생각할 수밖에 없었다.

내공이 무공의 전부는 아니라지만 그 환약 덕분에 사부라는 자와 제자라는 자의 경지의 차이가 별로 없는 게 아닌가 생각이 들 정도였다.

그렇지 않고서야, 이자가 이리 약한 것이 설명이 되지 않는다.

하기는, 지금 와서 속단하면 너무 이른 것일지도 모른다.

'이자는 윗 배분 중에서 특히 약한 자일지도 모르지.'

이자는 암화에 속한 자들이 꼬리를 자르면서 남긴 자다.

"크흐……."

눈앞에서 빌빌대는 이자는 중사, 신이검 등을 포함한 제자들과 함께 남겨진 자가 아닌가.

그러니 윗 배분 중에서는 가장 약한 자를 남긴 것일 수도 있었다. 가장 약하니 희생양으로 삼았을 거라 이 말이다.

또 그리 생각을 해보면 아찔하기도 했다.

'가장 약해 남은 자가 초절정이라…….'

운현에게 패배는 했지만, 이자의 경지는 어쨌거나 강했다.

운현과 비슷하게 손속을 겨룬다는 것만으로도 이자의 경지를 가늠할 수 있는 중요한 요소였다.

그런 자가 가장 약한 자라고 생각하면,

'생각 이상일지도 모르겠군.'

암화가 가진 전력은 운현이나 소림이 생각하는 전력 이상일지도 모른다.

소림의 방장과 했던 이야기지만, 그가 내놓은 가설 중 하나.

"……여러 조직의 합일일지도 모른다고 했지. 암화는."

암화는 단순히 한 조직이 아니라 처음 암화를 만든 그를 중심으로 여러 조직이 힘을 합쳤을지도 모른다는 그 가설이 맞을지도 몰랐다.

생각만 해도 끔찍한 일이다.

문제는 그게 현실일 수도 있다는 거였다. 아주 잔혹한 현실.

第十五章
탈출?

암화가 강력하다는 걸 안 게 하루 이틀이랴.

가끔가다 아혈이 풀려버린 운상장을 비롯한 암화의 인물들이 패악질을 부려대는 것도 큰 문제는 아니었다.

퍼억.

"으읍!"

다시 아혈을 봉해버리면 될 일이었으니까. 다소 폭력적이게 아혈을 봉하는 것까지는 운현도 어쩔 수 없는 노릇이었다. 아마도.

어쨌거나 가장 큰 문제는 다른 데에 있었다.

"하기는…… 그게 문제가 아니려나."

작금에 닥친 현실.

모든 적을 다 깨부수고 남은 현실은 하나였다.

"막혔어."

갇혔다. 아주 확실하게.

*　　*　　*

죽을 생각을 한 이자들은 퇴로마저도 닫아놨었다.

폭파를 한 건지, 하나뿐인 입구를 터트린 건지 알 수는 없다. 심문을 아무리 해도 이들은 한결같이 출구는 없다 했다.

못 믿을 운현으로서는 이곳저곳을 움직여 보았지만,

"……여기도군."

결국에는 사방이 막혀 있음을 확인할 뿐이었다.

쿵. 쿵.

기를 두르고 어딘가를 두드려 봐도 턱 막힌 소리뿐이었다.

처음 폭발이 일어났던 곳을 가 봐도 잔해로 막힌 곳만 보일 뿐. 아주 작은 빛줄기마저도 보이지 않았다.

구멍 하나 없다.

암화라는 자들이 어디서 구했는지 모를 수없이 많은 야명주가 아니었더라면 완벽한 암흑이었을 정도다.

"쓸데없는 데서 철저하군. 공기가 통하는 걸 보면 아주 막힌 거 같지는 않은데 보이질 않으니…… 어쩐다."

도무지 빠져나갈 구석이 보이지 않는다. 적어도 안에서는.

*　　*　　*

결론을 내렸다.

반은 포기. 반은 기대를 걸었다.

오면서 남긴 신호와 표식이 있었다. 표식이 없더라도 폭음은 일행이 충분히 들었을 거다.

그들은 바보가 아니다. 바깥에 있는 일행은 상황을 파악했을 게 분명하다. 어떻게든 이곳을 열기 위해 애를 쓸 거다.

그렇기에 사방이 가로막혔다고 하더라도 운현에게 희망은 아주 없지 않았다.

그걸 믿어야 했다.

"그때까지는……."

다른 일을 해둬야 했다.

*　　*　　*

'……강제적으로 쉬는 느낌이군.'

하남에와서도 호북에 있었던 때처럼 끊임없이 달렸다. 이 뒤에 자신을 기다릴 일들이 많음을 알기에, 언제고까지 계속 해서 달려야 한다 생각했다.

하지만 지금은 갇히지 않았는가. 강제적으로 모든 것이 멈춘 느낌이다. 이런 경험 처음은 아니다.

노인이 폭사를 감수하고 폭발을 일으켰던 당시에도 갇혔던 전적이 있다.

'그때와 다른 거라면…….'

전에는 제갈소화가 있었더라면, 지금은.

"크으……."

개성도 없는 소리를 내면서, 고통스러워하는 적들만이 남아 있을 뿐이었다.

운현은 살인귀가 아니었다. 또한 이들로부터는 얻을 것이 있었다. 그렇기에 최대한 살려야 했다. 문제는.

"먹을 게 많지도 않군……."

식량. 살아남기 위해서는 당연히 필요한 것이다. 헌데 적들은 정말 죽음을 각오했는지 남은 것조차도 많지 않았다.

'버틸 수 있으려나.'

최소 며칠, 어쩌면 더 긴 시간이 걸릴 수도 있는 게 이번 탈출이었다.

어쭙잖게 안에서 뚫는답시고 애를 썼다가는 한 번의 폭발로 약해진 지반으로 인해 매몰될 수도 있는 터.

차라리 바깥에 희망을 걸어야 하는 이 상황에서 얼마 되지 않는 식량은 좋지 못한 현상이었다.

그가 혼자 있는 것도 아니었다. 낑낑대며 숨 쉬고 살아남아 있는 자들도 책임을 져야 했다.

"어쩐다."

미운 놈들, 죽일 놈들이지만, 살려야 하는 모순된 상황이다. 헌데 입이 많다. 그렇다고 죽일 수도 없으니.

"어쩔 수 없지."

위급 상황에서나 사용할 방법을 사용하는 수밖에 없었다. 자신이 꽤나 고생스러워지겠지만, 달리 수도 없지 않은가.

결정은 차분히. 행동은 빠르게.

"바로 움직여야겠군."

언제나 그러하듯 결정을 내리자마자 운현은 움직이기 시작했다.

* * *

투욱.

암기로 사용했던 세침을 이용해서 이번만큼은 본분(?)에 충실했던 운현이다. 마지막 하나를 찔러 넣었다.

"헛……."

마지막 남은 이가 신음과 함께 이내 다른 자들과 같은 꼴을 한다.

"……."

신음을 한 번 훅하고 내뱉고서는 그대로 침묵. 방금 전까지 고통을 표하던 것이 거짓말이었다는 듯 조용해진다.

이상하기도 하련만 운현은 오히려 만족했다. 그가 원하는 상황대로 되었으니까.

"좋아. 확실하군."

가사상태에 빠졌다.

정확히는 혈도, 침, 기를 이용해서 복잡하게 작용한 것이지만 거기까지는 신경 쓸 바가 못 됐다.

그저 운현은 기감을 통해서 제대로 되었는지를 확인할 뿐이었다.

다행히도 제대로 되었다.

"그럼 끝인가……."

그의 주변은 어느덧 시체처럼 잠든 자들로 가득 차 있었다. 기는 죽었어도, 입은 살아 있던 운상장마저도 굳게 입을 닫았을 정도다.

모두가 운현이 만든 결과물들이었다. 덕분에 혼자나 다름없게 됐다.

다른 이라면 잠시라도 신경을 써야겠지만, 특유의 기감이 있는 운현은 따로 신경 쓸 필요도 없을 정도.

많은 이가 있으나 진정으로 혼자 있는 시간이 돼버렸다.

보통 사람이라면 갇혀 있는 이 상황에서 겁에라도 질리겠지만 운현은 되레 달랐다.

"오랜만인가……."

가만 있기보다는 할 일을 만들어냈다. 언제나 바삐 움직이는 그다웠달까.

이전까지 다른 이들을 위해 움직였다면, 이번에는 오롯 자신만을 위한 시간을 가질 예정이었다.

"정리를 한번 해 볼 때도 됐지."

푹하고 주저앉는다. 그대로 주변을 스윽 마지막으로 바라보고서는 그대로 침잠해 들어간다.

집중. 그 안에서 무언가를 얻기 위해서.

*　*　*

"후으으읍. 후."

들이쉬고 내쉬고. 단순한 반복. 하지만 그 안에 있는 심상이란 복잡하기 그지없었다.

처음 얻은 소중한 시간이었다.

오로지 그 자신만을 챙길 수 있는, 아니 뒤돌아보는 반추라고 할 수 있는 시간을 가진 것은 운현으로서 지극히 오랜만!

그렇기에 그 누구보다 지금 시간의 소중함을 알았다. 어찌 써야 할지를 알았다.

'정리.'

지금까지 자신이 얻은 것들. 일종의 실마리.

의원으로서의 경험. 의방을 이끈 경험. 무공을 키워 온 경험. 경지를 올려가며 얻은 경험. 한 사람이 얻었다고 보기엔 수없이 많은 경험들.

그리고 가장 중요하다 할 수 있는.

'결합.'

전생의 자신에서부터 지금까지, 그 모든 것들의 총체라 할 수 있는 그의 의지와 그 깊이.

그로 말미암은 깨달음들. 그 모든 것들을 반추한다.

고수라면 쉬이 주어지곤 하는 단순한 명상이랄 수 있겠지만 그에겐 그 무엇보다 소중했다.

실로 처음이랄 수 있는 상황이니까.

그렇기에 빠져들어 간다. 깊이. 더 깊이.

그리고 얻어간다.

'그때의 그 방법보다는…….'

'다른 식으로 움직이는 게 더 좋았겠군.'

'아냐. 더 효율적인 게 있었어.'

'묶여 있을지도 모르겠군.'

그를 묶어가던 사슬들, 얽혀 있던 틀들을 깨부순다. 알을 깨어 새로운 생명으로 나아가듯, 차분히 그러나 빠르게.

그동안 참아 왔던, 아니 묵혀 왔던 그 모든 것들의 총체가 그를 관통하기 시작한다.

오롯 중원 천지에서도 그만이 알 수 있을 것들이 스치운다. 고통이 아닌 환희로서 그에게 와 닿는다.

"……후으으읍."

호흡은 더욱 깊어간다. 깊어져 가는 호흡만큼 의식도 깊어진다.

해묵었다 할 만큼 초절정이라는 경지가 더욱 완숙되어 간다. 더 높은 경지. 어쩌면 더 깊은 경지를 향해서 가만 앉아 항해를 해 나간다.

어두운 동굴. 사방이 막혀 버렸지만, 그의 의식은 갇힌 동굴이 아닌 그 어느 때보다 넓고 깊은 곳에서 올라서 있었다.

심상의 세계에서.

'깬다. 깰 수 있다면. 이번이 깰 수 있는 기회라면. 분명히.'

운현은 나아가고 있었다.

*　　*　　*

처음 얻은 시간. 운현이 그 시간을 일주해 나가고 있을 적.

정작 갇혀 있는 운현은 그 어느 때보다 차분한 시간을 보내고 있을 때 밖은 분주하기만 했다.

남은 일행이 그 주인공이었다. 부족한 인원으로 움직이던 일행이지 않은가. 그런 와중에 그들의 기둥이랄 수 있는 운현이 사라졌다.

짙은 폭음과 함께.

놀랄 수밖에 없었다. 그 다음은 당황. 다행히 혼란은 오지 않았다.

운현이 생각한 바대로 그들은 바보가 아니었다. 당황스러운 와중에서도 자신의 할 일이 무엇인지는 충분히 아는 자들이었다.

그들은 몸을 바삐 생각하며 움직였다.

"함정일 거 같소. 목표는 역시 신의겠지요."

"살아남았을 확률은?"

"……."

말하고 싶지 않지만 말해야 했다.

입술을 질끈 물면서도, 이런 일에 특화된 제갈소화는 머리를 굴렸다. 얄궂게도 이런 상황에서 영민한 머리는 잘도 돌아갔다.

금세 계산이 끝났다.

“잘해야 삼 할. 제대로 판 함정이에요. 목숨을 걸고 팠겠죠. 신의님을 유인할 만큼의 미끼로요.”

“흠…….”

“그래도 죽었을 거라는 감은 안 오는데. 의외로 명줄이 긴 편이다 싶은 게 아우인지라.”

명학은 속편한 소리를 하는 듯했으나, 눈은 분명 떨리고 있었다.

그가 말하는 것은 예측이라기보다는 차라리 그렇게 되기를 바라는 소망과도 같았다.

그만큼 그들이 보기에 상황은 절박해 보였다.

투시를 할 수는 없는 그로서는 안의 사정을 잘 모르기에 내린 판단이기도 했다.

폭발 뒤 폭음. 무너져버린 듯 보이는 암굴. 그런 단순한 단서로만 보자면 운현은 죽었을 확률이 더 높아 보였다.

하지만 이들은 희망을 버리진 않았다. 아니 없던 희망을 더 크게 만들기 위해서라도 분주히 움직였다.

작은 등잔의 불도 여러 개가 모이면 커지듯, 작은 움직임이라도 만들어 더 크게 운현이 살 가능성을 만들려 했다.

"사람을 불러와야겠소."

"저도 움직일게요."

남궁미와 당기재였다.

이들은 급히 움직였다. 자신들의 세가가 있는 곳보다는 못하더라도 하남도 정파의 영역. 오대세가가 괜히 거대 세가가 아닌 만큼 이곳에서도 그들 가문의 힘은 어느 정도 통용됐다.

거기에 당장 소림의 방장이라도 운현의 일이라면 제 발 벗고 나서줄 터.

암화는 밝힐 수 없으니, 그럴싸한 핑계로 운현이 위험에 닥쳤다고 말하는 것으로도 충분히 많은 이들을 움직일 수 있을 터다.

그 사이.

"제가 도울 게 있겠습니까?"

"예. 얼마든지요."

남은 제갈소화와 명학은 다른 이들이 오기 전, 여러 작업을 위해 움직이기 시작했다.

* * *

"여기입니까?"

"예. 빠르게 부탁드립니다."

성과는 바로 나타났다. 고작해야 삼 일이라는 시간도 걸리지 않아 그들을 도울 자를 찾아 다시 도착할 수 있었다.

밤낮을 가리지 않고 당기재와 남궁미가 달린 성과다.

그들은 바로 소림에 연결된 속가제자 중 하나를 찾아갔다. 암화와의 전쟁에 관련되어 움직이는 속가제자기도 하였다.

길게 끌 것도 없이 신의에 관한 일이기에 그들은 바로 나서 준 터.

암화와의 대결 때문인지, 아니면 여러 경험 덕분인 건지 그들은 제법 빠르게 움직여줬다. 또한 미리 준비가 된 듯 보였다.

"꽤 규모가 큰 동굴이었겠군요."

"흐음…… 놈들이야 동굴에 관련돼서는 따라잡을 자가 없기는 하지."

무너져 버린 동굴을 품평하면서도 당기재가 데려온 이들은 끊임없이 몸을 놀렸다.

"여기가 정확하겠군."

"아냐. 더 안에서부터 파고 들어가야 해."

미리 이곳에서 대기하며 준비를 하고 있던 제갈소화의 노력이 무색하게 그들은 금방 움직일 자리를 찾았다.

"그럼 나는 다른 곳을 찾지. 자네는 나랑 같이 가지."

"좋네. 어디 해보자고."

몇은 따로 떨어져서 움직이며 다른 수단을 찾아보려 노력을 했을 정도다.

그 모습이 퍽이나 놀라운지라, 당기재와 남궁미가 온 것을 맞이할 생각도 못 한 채로 멍하니 바라보던 제갈소화가 놀란 눈으로 다가와 물었다.

"……어디서 저런 자들을 데려왔습니까?"

"소림의 속가제자랍니다. 아시잖습니까? 암화에 관련된 일에는 속가제자들도 제법 나선다는 것."

속가제자인 것도 좋다. 암화와의 전투를 조용히 진행한다지만, 암화는 여러 곳곳에 퍼진 터. 덕분에 소림은 비밀스런 속가제자를 통해 암화와의 암투를 진행해 왔다.

해서 속가제자가 이곳에 오는 것은 자연스러웠으나, 저들의 움직임은 자연스럽다고 보기에는 어려웠다.

'너무 익숙해 보여.'

무너진 동굴. 그 안에서 사람을 찾으려는 행위가.

"그래도 저 모습은 무림인의 모습이라기보다는……."

"숙련돼 보이지요?"

"……그렇네요."

당기재의 말마따나 숙련됐다 보일 정도였다. 그러니 제갈소화로서는 놀란 눈을 해 보일 수밖에.

하지만 당기재로서는 이곳에 오는 동안 이미 들은 바가 있는 듯했다.

"운이 좋았습니다. 적어도 저들은 암화와의 직접적인 전투보다는 저런 식으로 돕는 데 특화되어 있더군요."

"특화란 말은…… 아아."

하나를 가르치면 열을 알아야 하지 않겠는가. 명색이 제갈가의 자제다. 그녀는 금방 뜻을 알아들었다.

"이해하셨습니까?"

"예. 다행이도요."

속자제자를 이용한다고 하더라도 직접적으로 암화를 잡기 위해 움직이는 자들은 무적자와 같은 사람인 터.

속가제자인 자들은 암화와의 암투에 직접적으로 나서기엔 경지가 낮았을 게 분명하다.

그러다 보니 그들은 소림승들의 뒤에서 돕는 역할에 주력했을 게다.

특히 암화의 경우 암굴과 기관들을 자주 사용하곤 했으니, 그걸 파쇄하는 데 주력했을 확률이 높았다.

제갈소화는 그걸 용케도 금방 알아들었다.

"후후. 알아들으실 줄 알았습니까. 기다려 봅시다. 금방 해낼 기세니……."

"정말로 그리 보이기는 하네요."

제갈소화의 가슴에 작게 남은 걱정일랑 잊어버리라는 듯이.

"역시 여기서부터군."

"급히 하지."

그들은 빠른 손을 더 빨리 놀리기 시작했다. 운현처럼 토행공이라도 익힌 듯 그 손놀림이 자연스러웠다.

금세 길을 만들어가기 시작했고, 그 길은 급히 만든 것치고는 안전하며 두터웠다.

그렇게 파고 또 파고 들어간 덕분일까.

"오……."

"찾았군요."

그들은 금세 목적을 이룰 수 있게 됐다.

〈다음 권에 계속〉

마왕
요도 김남재 신무협 장편소설
ORIENTAL FANTASY STORY & ADVENTURE
『지옥왕』, 『요마전설』의 작가!
요도 김남재 신무협 장편소설
천하를 통일한 마교의 대공자 혁련휘.
오랜 세월 동안 행방불명되어 죽은 줄만 알았던 그가
동생의 복수를 위해 강호 무림에 칼을 겨눈다!
dream books
드림북스

하라간
쥬논 판타지 장편소설
핏빛 판타지의 연금술사, 쥬논.
그가 펼치는 공포와 선혈의 환상 세계!
『흡혈왕 바하문트』, 『샤피로』를 잇는 그 세 번째 이야기.
검푸른 마해(魔海)의 세계에 그대를 초대합니다.
dream books
드림북스

DREAMBOOKS

DREAMBOOKS

DREAMBOOKS★

DREAMBOOKS